倉阪鬼一郎

えん結び
新・人情料理わん屋

実業之日本社

実業之日本社文庫

えん結び　新・人情料理わん屋　目次

えん結び　新・人情料理わん屋

第一章　川開きの日

一

江戸がいちばんにぎわう日がやってきた。
両国の川開きだ。
通油町《とおりあぶらちょう》のわん屋の中食《ちゅうじき》の顔は、夏の到来を告げる素麺《そうめん》の膳だった。
貼り紙には、こう記されていた。

けふの中食
ひやさうめん
茶めし　きすてんぷら　小ばちつき
四十食かぎり　四十文

「川開きに合わせて、暑気払いの素麺か」

貼り紙の前で足を止めた大工衆の一人が言った。

「魚の開きとかにすりゃいいのによ」

そのつれが首をひねる。

「それだと、小ぶりの魚しか開きにできねえからな」

大工がにやりと笑って言った。

「あっ、そうか。ここはわん屋だからな」

もう一人が得心のいった顔つきになる。

「とにかく、食っていこうぜ」

「おう」

そろいの半纏《はんてん》の大工衆が次々にのれんをくぐっていった。

「いらっしゃいまし」

おかみのおみねのいい声が響いた。

「空いているお席へどうぞ」

手伝いのおちさが身ぶりをまじえる。

「おっ、まだこっちにいるのかよ」

「嫁入りして、容子《ようす》のいい旦那と一緒に新たな見世《みせ》を始めるって聞いたぜ」

大工衆が口々に言う。

「ええ。これから二人でごあいさつがてらうかがうつもりです」

おちさは笑顔で答えた。

「薬研堀《やげんぼり》の小間物屋さんが今日で見世じまいなので、今日はお手伝いも兼ねて行くことに」

おみねがそう伝えた。

「そりゃあ大事な日だ」

「花火見物どころじゃねえやね」

大工衆が言った。

「はい。楽しみですけど。……お待たせしました。中食の素麵膳でございます」

おちさが盆を運んできた。

「また目が回りそうなのが来たな」

「ここの器はみな円いからよ」

客が覗きこんで言った。

江戸広しといえども、わん屋のような見世はまたとあるまい。なにしろ、使われているすべての器が円い。椀も碗も皿も、円くないものは一つもなかった。

江戸に住む者にはさまざまな災いが降りかかってくる。火事に地震に大あらし、さらにはやり病などのさまざまな荒波を乗り越えながら、人々はこれまで粘り強く生き抜いてきた。

世の中が少しでも平らかになるように。すべての物事が円くおさまるように。そんな願いをこめて、わん屋ではすべての器を円いものでそろえていた。

「ただ、素麵はぎやまんの器じゃねえんだな」

「千鳥屋《ちどりや》のぎやまんの器なら涼やかだがよ」

大工衆が言う。

「たしかにそうなんですが、万一落っことして割ってしまったら、ぎやまんの器はなにぶんお高いものですから」

おみねが笑みを浮かべた。

ぎやまんは、いまならガラスだ。わん屋ではさまざまな器を使っているが、いちばん値が張る。

「落としても割れない塗椀でご勘弁くださいまし」

厨《くりや》で手を動かしながら、あるじの真造《しんぞう》が言った。紺色の作務衣がよく似合う、背筋の伸びた料理人だ。

「そりゃ、ぎやまんを割ってお代を払わされたら困るからよ」

「ぎやまんの器で食ってるつもりで食うわ」

客が笑って答えた。

素麵は黒い塗椀に盛られている。冷たい井戸水を張っているから、いたっての ど越しがいい。

つけ汁は蓋付きの椀だ。蓋に薬味の刻み葱と海苔を載せてある。

茶飯は碗で供せられる。瀬戸物問屋の美濃屋《みのや》の品だ。これもほっこりする円さだ。

鱚《きす》の天麩羅は、竹細工の器に紙を敷いて品よく盛り付けられていた。竹細工職人の丑之助《うしのすけ》がつくる品は、網代《あじろ》模様がことに美しい。

さらに、小ぶりの椀に香の物が盛り合わせられている。木目が美しい椀は、親方の太平《たへい》と真造の次兄の真次《しんじ》がつくった自慢の品だ。

そういったすべて円い器が、これまた円い盆に載って運ばれてくるのだから、「目が回りそうだ」という声が出るのも無理はない。

「さすがに、ここにでけえ魚の開きは載せられねえな」

「円皿に載せるしかねえからよ」

大工衆が言う。

「穴子の一本揚げとか、なおさら無理だ」

「盆がそれだけで一杯になっちまう」

「難儀なことを始めたな、おかみ」

客がおみねに声をかけた。

「慣れればそれも楽しみで」

おみねは笑顔で答えた。

「これで少しでも江戸に福が来ればと」

真造も和した。

「それがわん屋の心意気だからよ」

「目が回るとか文句を言わずに食ってやるぜ」

「福のおすそ分けをもらわねえとな」

大工衆は笑顔で言った。

そんな調子で、わん屋の中食は今日も滞りなく売り切れた。

二

中食が終わっても、厨の真造は大忙しだった。

今日は川開きだ。花火見物のお供の弁当をつくらねばならない。

ありがたいことに、注文はたくさん入った。あとは気を入れてつくるばかりだ。

「おっ、まだこっちにいるのかい」

わん屋に姿を現した男がおちさに声をかけた。

竹箸づくりの職人で、兄の富松《とみまつ》だ。ほかの常連は円いものばかりつくっているが、この男だけは細長いものを手がけている。

「竜之進《りゅうのしん》さまがそろそろ見えるかと」

おちさが答えた。

「二人で手伝いに行くのかい」

富松が訊く。

「うん。薬研堀の春日屋《かすがや》さんは今日で見世じまいだから」

おちさが答えた。

「弟子筋の小間物屋さんが朝から手伝いに入っているそうなので、あとから行っても大丈夫だという話で」

おみねが伝えた。

「ちゃんと筋を通して、あいさつしとかなきゃ駄目だぞ」

兄の顔で、富松が言った。

「あいさつはもうしてあるから。今日のお手伝いが仕上げみたいなもので」

おちさは答えた。

ほどなく、家主の善之助《ぜんのすけ》が顔を見せた。ここいらに長屋をいくつも持っている人情家主だ。

「これから春日屋さんへお手伝いに」

おちさが告げた。

「いよいよ、えん屋の見世びらきだね」

善之助が笑みを浮かべた。

「いえいえ、まだ見世びらきまではいろいろやることが」

おちさが答えた。

「小間物屋の春日屋さんを居抜きで継ぐとしても、つくり替えなきゃいけねえ棚もあるでしょうからね」

富松が家主に言った。

「円い器やお盆などを、どれも三十八文で売る見世だからね。売り物に合わせて棚を楽しみながらこしらえていけばいいよ」

善之助が柔和な表情で言った。

どんな品でも三十八文で売る見世は、江戸のほうぼうにある。その名も三十八文見世だ。

かつては十九文見世だったが、値が倍になった。枕や櫛など、暮らしに要り用なものが何でもそろう便利な見世だ。

わん屋も加わっているわん市は、おおよそ季節ごとの初めての午《うま》の日に愛宕権《あたごごん》現《げん》裏の光輪寺《こうりんじ》で催されている。器道楽の文祥《ぶんしょう》和尚が住職をつとめる寺の本堂に、焼き物の碗、塗物の椀、ぎやまんの器から盆や竹細工や桶に至るまで、円いものが一堂に会してあきなわれる。

そういったわん市で売られるような品を、見世であきなってみればどうかという案が出た。円い品を何でも三十八文で売る見世だ。

わん屋と韻を踏んでいるし、「縁」とも懸《か》けて、新たなあきないの見世の名は

「えん屋」と決まった。

「おっ、えん屋のあるじが来たな」

富松がいち早く気づいた。

おちさの顔がぱっと晴れる。

わん屋に入ってきたのは、夫婦《めおと》になって間もない新宮《しんぐう》竜之進だった。

三

わん屋に姿を現したのは、竜之進だけではなかった。

御用組《ごようぐみ》の上役の海津力三郎《かいづりきさぶろう》与力と大河内鍋之助《おおこうちなべのすけ》同心も一緒だった。

「いらっしゃいまし。今日はお役目で？」

おみねがたずねた。

「まあそんなところだな。竜之進は違うが」

豊かな髷の海津与力が答えた。

「川開きの晩は、何かと物騒だからな」

いくらかぼかして、大河内同心が言った。

名は鍋之助だが、平べったい顔ではなく、あごがきりっととがっている。

「ひとまず腹ごしらえだ。何かできるか」

海津与力が問うた。

「花火見物の弁当に入れる太巻きでしたら、多めにつくってあります」

厨で手を動かしながら、真造が答えた。

「待たずに済むのはありがたい。太巻きをくれ」

御用組のかしらが答えた。

日《ひ》の本《もと》じゅうを股にかけて悪さをする者どもが増えてきたことに鑑み、ひそかに設けられたのが御用組だ。一見すると町方のようだが、江戸だけを縄張りとしているわけではない。悪党の尻尾をつかんだなら、いずこへなりとも出張《でば》っていく。

「おれも食うぜ」

大河内同心が続いた。

「承知しました」

真造はさっそく支度を始めた。

「では、われわれは春日屋のほうへ」

竜之進が白い歯を見せた。

「頼みますよ」

義理の兄になった富松が言う。

「気張って手伝ってまいります」

竜之進はていねいな口調で答えた。

「居抜きで使わせてもらうんだから、ちゃんとあいさつしなよ」

富松はおちさに言った。

「うん、分かってる」

おちさは明るい表情で答えた。

「では、このへんで」

竜之進が右手を挙げた。

「行ってらっしゃいまし」

「お気をつけて」

わん屋の夫婦の声がそろった。

四

「酢飯も巻き加減もちょうどいいな」

太巻きを食した海津与力が満足げに言った。

「具の干瓢《かんぴょう》に味がしみててうめえ」

大河内同心が渋いところをほめた。

「ありがたく存じます。今日は千之助《せんのすけ》さんは?」

おみねが訊いた。

御用組の一人で、忍びの血を引く神出鬼没の男だ。

「ちょいと見張り役でな」

大河内同心はそう答えると、口の前に指を一本立てた。

しゃべれるのはここまでという合図だ。

「竜之進にもひと役買ってもらった。おかげで悪党の尻尾をつかむことができたわけだ」

海津与力はそう言って、また太巻きを口中に投じ入れた。

「すると、こちらのほうですね」

おみねが声を落とし、何やら怪しげな手つきをした。

「それじゃ神主だよ、おかみ」

大河内同心が笑った。

「神官の娘なので」

と、おみね。

わん屋のおかみは武州の三峯大権現《みつみねだいごんげん》の出だ。一方、あるじの真造は八方除《よ》けの神社として尊崇を集める西ヶ原《にしがはら》村の依那古《いなこ》神社が実家で、長兄の真斎《しんさい》が神社を護っている。縁とはふしぎなものだ。

「竜之進は、こっちのほうだ」

海津与力が筮竹《ぜいちく》を操るしぐさをした。

容子のいい若者だからとてもそうは見えないが、新宮竜之進は易者でもあった。剣を握らせても、筮竹を操らせても、抜きん出た力を発揮する。どうやら悪党の尻尾をつかむために、すでに竜之進が卦《け》を立てていたようだ。悪党のねぐらがどのあたりにあるか、いつ悪さを企てるか、力のある易者ならそこまで見抜くことができる。

「ああ、そうでした」

おみねが笑みを浮かべた。

「ともかく、このたびの竜之進はもう御役御免だ。捕り物はまあおれらが指揮をすればいいから」

大河内同心が言った。

「なら、今晩が捕り物ですかい？」

富松が問う。

「あまりしゃべりすぎるな」

海津与力がクギを刺した。

「はっ」

大河内同心は上役に頭を下げると、おちさの兄のほうを見た。

「そのうちかわら版に載るだろうから、読んでくんな」

声を落として言う。

「承知で」

富松は心得た顔で答えた。

五

「これでひと区切りだね。手伝ってもらって助かったよ」

　春日屋ののれんを下ろしたばかりの男が言った。

　名を義松《よしまつ》という。

　長年、地元の人々に愛される小間物屋を続けてきたが、だいぶ年も寄ってきたのでこのあたりであきないじまいをして楽隠居という絵図面だ。

「師匠から受け継いだ品は、大切にあきなわせていただきますので」

　弟子にあたる日ノ出屋《ひのでや》の甚助《じんすけ》が言った。

　鎌倉町《かまくらちょう》でのれんを出し、女房とともに手堅いあきないを続けてきた。春日屋の品は大八車におおむね積みこんだ。雇った男に引かせて、これから日ノ出屋へ向かう。

「うちでも縁起物として何点かはあきなわせていただきます」

　竜之進が折り目正しく言った。

「何の縁起物です？」

義松の女房のおときが問うた。

「あきないが長く続いて、達者に暮らせるという縁起物で」

おちさが笑みを浮かべた。

「その調子なら、えん屋も繁盛間違いなしだね」

義松が太鼓判を捺《お》した。

「気張ってやってくださいまし」

おときが励ます。

「はい。ありがたく存じます」

おちさは小気味よく頭を下げた。

「では、師匠とおかみさん、いただいて帰りますので」

甚助が言った。

「ああ、ご苦労さまだね」

「そちらにもまた顔を出すから」

義松とおときが言った。

「お待ちしております」

日ノ出屋のあるじが笑顔で答えた。

甚助が去ったあと、春日屋をたたんだばかりの隠居とその女房は、棚のつくり方の勘どころなどを竜之進とおちさに伝授した。

勘定場に近いところにどういう品を置くか、不審な客をどう見分けるか。そういった細かいところまで老夫婦は親身になって教えてくれた。

「小間物屋もそうだが、三十八文見世も利の薄いあきないだからね。不届き者に勝手に持っていかれでもしたら、その分を稼ぐのにまたひと苦労だ」

義松が言った。

「客を見極める目は持っているつもりですので」

易者でもある竜之進がおのれの目を指さした。

「それは頼もしいね」

元小間物問屋の隠居が笑みを浮かべた。

六

春日屋の老夫婦に丁重に御礼を言って見送ったあと、竜之進とおちさは事細かに見世の検分を始めた。

そのまま使える棚もあるが、新たにしつらえる必要のあるものもある。二人はじっくりと相談しながら絵図面をこしらえていった。

「同じ三十八文でも、ぎやまん物などは盗られる恐れが高いから、勘定場に近いところに置きたいな」

竜之進が言った。

「そうね。そのあたりは、品がそろったら、ああでもない、こうでもないと思案しながらやっていけば」

おちさが笑みを浮かべた。

「思案するのも楽しみのうちだろう。看板や引札も手配しなきゃならないし、やることはたくさんある」

竜之進は白い歯を見せた。

それからややあって、大河内同心が急ぎ足で入ってきた。

「おう、無事入ったか」

御用組の同心が問うた。

「はい、おかげさまで」

「あとは相談しながらやっていきます」

えん屋のあるじとおかみになる二人の声がそろった。

「今日は働きだったから、夜はゆっくりしていてくれ」

大河内同心はいくらか声を落として言った。

「まだ余力はありますから、動けますが」

いきさつを知っている竜之進が言う。

「いや、火盗改方《かとうあらためかた》にも根回しをしてある。無理しなくていいぞ」

大河内同心が言った。

「捕り物でしょうか」

それと察して、おちさがたずねた。

やや心配げな顔つきだ。

「まあ、そんなとこだ。そのうちかわら版に載るだろうから、読んでくんな、若おかみ」

大河内同心は渋く笑った。

「では、こちらのほうは封印で」

竜之進は身ぶりをまじえた。

若い武家が扱う筮竹は、占いのためにばかり使われるものではなかった。手元のほうが鋭く尖っている。一本ずつ削って武器に仕立てたのだ。

いざというときには向きを逆にし、敵に向かって鋭く投げる。そちらのほうの腕前も忍者はだしで、目を瞠《みは》るものがあった。

「しばらくはえん屋のあるじで気張ってくれ」

大河内同心が言った。

「承知しました。のれんを出したら、御用組の関所としてのつとめも果たしますので」

竜之進はいい表情で答えた。

「頼むぞ」

大河内同心の声に力がこもった。

七

「たーまやー!」

よく通る声が響いた。

両国の川開きの華、花火が揚がる。

橋には大勢の見物客が詰めかけていた。その人出を当てにして、西詰と東詰に屋台や振り売りがいつもより多めに仕込んで売り声を張り上げている。川開きの晩はにぎやかだ。

にぎやかなのは陸《おか》だけではなかった。大川の川面《かわも》にはとりどりの屋根船が出て、提灯の灯りが川開きの晩に彩りを添えていた。

その一つに、南新堀《みなみしんぼり》の下り酒問屋、伊丹屋《いたみや》の屋根船があった。

なかなかに羽振りのいい問屋で、あるじの幸右衛門《こうえもん》は美食家として知られている。川開きの晩に屋根船を出して腕のいい料理人を乗せ、姿盛りなどの料理を味わうのが、伊丹屋の毎年の恒例だった。

昨今はお上が華美に目を光らせているから、あまり派手な騒ぎをしないように気をつけながらだが、伊丹屋のあるじは一献傾けながらうまい料理に舌鼓を打っていた。

だが、そのころ――。

あるじや番頭などが留守にしている伊丹屋で、思わぬ出来事が起ころうとしていた。

毎年、伊丹屋が屋根船を出すことを知っている者はそれなりにいた。そこに目をつけた悪党がいた。

一年で最も手薄になるのが川開きの晩だ。悪党を取り締まるほうも、川開きの巾着切りなどに目を光らせるから備えが薄くなる。

小船も巧みに用いる盗賊は、周到に引き込み役を伊丹屋に入れ、この晩に一気に押し込みをかけようとしたのだ。

羽振りのいい下り酒問屋だ。ひとたび押し込みがうまくいき、蔵を破ることができれば、濡れ手で粟《あわ》の大儲けができる。

だが……。

盗賊の動きは察知されていた。

御用組がひそかに網を絞っていたのだ。

忍びの血を引く千之助が敵のねぐらに潜入し、その目論見を事細かに知った。

それをもとに、周到な捕り方の網が張られた。

町方と火盗改方と周到に打ち合わせて張られた網に、川開きの晩、大きな獲物が掛かった。

「御用だ」

「御用！」

だしぬけに提灯が揺れた。

「げっ」

「捕り方だ」

黒装束の悪党どもはにわかに浮き足立った。

その前に、抜刀してぬっと立ちはだかった男がいた。

「われこそは、御用組与力、海津力三郎である。うぬらの悪事、すべてお見通しなり。神妙にお縄につけ」

よく通る声が響きわたった。

「御用だ」

「御用！」

捕り方がわらわらと群がる。

さしもの盗賊も多勢に無勢だった。

川開きの晩を狙った悪党どもは、一人残らずお縄になった。

第二章　鮎づくし

一

翌日――。

わん屋の二幕目に御用組の面々がつれだってやってきた。

「あっ、ゆうべはご苦労さまでございました」

おみねがすぐさま声をかけた。

「もう知ってるのかい」

大河内同心がいくらか驚いたように問うた。

「中食のお客さんが、南新堀のほうで派手な捕り物があったという話をされていたので」

わん屋のおかみが答えた。

「そうかい。伝わるのは早《はえ》えな」

いつもどおり、髷を豊かに結った海津与力が言った。

「では、今日は祝杯で」

真造が厨から言った。

「おう、捕り物はゆうべで終わったからな」

御用組のかしらはそう答え、一枚板の席に陣取った。

「おいらは、いつもどおり茶で」

千之助が右手を挙げて続く。

忍びの末裔《まつえい》と言われるこの男はまったくの下戸《げこ》だ。間違って奈良漬けをひと切れ食べただけで倒れそうになるほどだから、よほど酒には向いていない。色は抜けるように白く、何がなしにからくり人形を彷彿《ほうふつ》させる。

「新宮さまはいらっしゃらないんですね？」

御用組の顔ぶれを見て、おみねが問うた。

「竜之進はべつに捕り物には出ていないからな」

海津与力が答えた。

「今日もえん屋を開く支度にかかりきりで」

大河内同心が言葉を添える。

「おちさちゃんも、昨日からはおかみの修業みたいなものですからね」

おみねが笑みを浮かべた。

「ここの手伝いの代わりはどうするんだい」

大河内同心がたずねた。

「家主さんにお願いしているので、そのうち見つかるかと」

と、おみね。

「人情家主は顔が広いから、任せておけば見つかるだろう」

海津与力がうなずいた。

ほどなく、酒と肴《さかな》が運ばれてきた。

円い深めの皿に盛られているのは、鰯《いわし》の梅煮だった。煮汁に梅干を加えて煮ると、青魚の臭みが取れてうま味だけが残る。長葱に加えて、盛り付けにも梅干を一粒加えてあるのが小粋だ。

ほかにはあぶった鱚の風干し、茄子と鱚などの天麩羅の盛り合わせが出た。まずはこれくらいで充分だ。

「伊丹屋は派手な屋根船を出したりしていたから目をつけられたのだ。このたびの件で懲りただろう」

海津与力が言った。

「さすがにしょげてましたな」

と、大河内同心。

「まあしかし、押し込みを防げて重畳でしたよ」

千之助が満足げに言って、鱚の風干しをさくっと嚙んだ。

「おめえも働きだったな」

同心が言う。

「尻尾をつかんでから、いつ動くかの見極めまで、粘り強くよくやってくれた。

本来なら盛大に酒をついでやるところだ」

かしらの海津与力が渋く笑った。

「おいらは茶で充分で」

千之助が笑みを返した。

ここで、新たに客が入ってきた。

「いらっしゃいまし」

おみねがいい声で出迎える。

「早くもかわら版ができあがりましたよ」

派手なかまわぬ模様の着物をまとった男が刷り物をかざした。

わん屋の常連の一人、戯作者の蔵臼錦之助《くらうすきんのすけ》だった。

二

刷り上がったばかりのかわら版には、こう書かれていた。


両国の川開きの晩、南新堀にて捕り物があり、盗賊の一味が捕縛されたり。

下り酒問屋の伊丹屋幸右衛門は美食家としても知られ、毎年、川開きに屋根船を出し、板前を雇ひて酒肴《しゅこう》をふるまへり。

すなはち、川開きの晩は伊丹屋が最も手薄になる時なり。

そこに目をつけし盗賊、追手風《おいてかぜ》の甚八《じんぱち》は、周到にも引き込み役を入れ、蔵を破りて荒稼ぎを企てたり。

されど……。

天網恢恢疎《てんもうかいかいそ》にして漏らさず。その動きは日の本の安寧《あんねい》を護る御用組に察知されたり。

少数精鋭の御用組は、町方と火盗改方とともに捕り物の網を張り、追手風の甚八一味を一網打尽にせり。

善哉《よきかな》、善哉。


「相変わらずの名調子ですね、先生」

目を通したおみねが笑みを浮かべた。

「戯作の当たりが出ないので、これで食ってるようなものですからな」

蔵臼錦之助は自嘲気味に答えた。

「こりゃあ、御用組の引札にもなる」

今度は海津与力が満足げに言った。

「少数精鋭の御用組なので」

大河内同心が上役に酒をついだ。

ほどなく、蔵臼錦之助に酒と肴が運ばれてきた。

「先生には精進揚げを」

おみねが円い笊《ざる》に紙を敷いて盛りつけた料理を置いた。

毎日が精進だ。

暗いところで出くわしたらわらべが泣きだしそうな顔に笑みが浮かんだ。

風貌とはうらはら、この御仁は生《しょう》のものをいっさい口にしない。

「そうそう。伊丹屋がそのうちここにも礼を言いに来ると」

大河内同心が指を下に向けた。

「うちはべつに何もしておりませんが」

真造がややいぶかしげな顔つきになった。

「御用組のねぐらみたいなものだからな」

海津与力が笑みを浮かべた。

「わん屋の話をしたら、そのうち目が回る膳を食してみたいと言ってたんで」

と、同心。

「食通で有名らしいから、真剣勝負になるでしょうよ」

千之助が身ぶりをまじえた。

剣を振り下ろすしぐさのようだが、おのれの武器の手裏剣にしか見えない。

「それは気を入れてかからないと」

真造の顔つきが引き締まった。

そのとき、また客が入ってきた。

「おや、これはおそろいで」

そう言いながら入ってきたのは、通《とおり》二丁目の塗物問屋、大黒屋《だいこくや》の隠居の七兵衛《しちべえ》だった。

三

「そろそろ、またわん市だな、ご隠居」

大河内同心が声をかけた。

「わん講もそうですが、わん市もあっという間ですな」

どちらも肝煎《きもい》りをつとめている七兵衛が答えた。

塗物や瀬戸物、ぎやまん物に木の椀に竹細工の器、さらに盆や盥《たらい》など、円い器をつくるものたちは、毎月十五日にわん屋に集まる。これがわん講だ。

そのわん講で、円い器をあきなう市を催してはどうかという話が出た。やってみるとなかなかに好評で、おおむね季節ごとの初めての午の日に催されることになった。愛宕権現裏の光輪寺で催されるわん市は回を重ね、多くの客でにぎわっている。

「また『開運わん市』かい？」

海津与力が問うた。

「さようですね。それで江戸のみなさんに伝わってくれればと」

大黒屋の隠居が答えた。

前回のわん市は「開運」の名を冠した。真造の長兄の真斎を依那古神社から招き、ありがたい祝詞を唱えてわん市の品を縁起物に変えてもらった。

さらに、新宮竜之進と近くの道場主の柿崎隼人《かきざきはやと》が剣舞を披露し、邪気を祓《はら》ってから市を開いた。

すべてが円い器、しかも縁起物だということで、品は飛ぶように売れてくれた。

ここで追加の天麩羅が出た。鱚に加えて海老もある。輪切りの甘藷《かんしょ》も見るからにうまそうな色合いだ。

「おまえもいただきなさい」

七兵衛がお付きの巳之吉《みのきち》にすすめた。

「はい、ありがたく存じます」

手代がいい表情で答えたとき、また新たに客が入ってきた。

「あっ、親方と兄さん、いらっしゃいまし」

真造の声が弾んだ。

わん屋に入ってきたのは、椀づくりの親方の太平と、その弟子で次兄の真次だった。木目が美しい椀も、わん市では人気の品だ。

「つとめが一段落したから、久々にうめえものを食おうと思ってよ」

親方が笑みを浮かべた。

「暑気払いにもなるようなやつを」

真次が所望する。

「なら、素麵があるよ、兄さん」

真造が水を向けた。

「素麵か。なら、うちの椀か小さめの盥で」

真次が答えた。

「おれも食うぜ」

親方も乗ってきた。

「ところで、次のわん市が終われば、次はえん屋の見世びらきですね？」

おみねがたずねた。

「竜之進は支度に身を入れているから、時はさほどかからないだろう」

海津与力が言った。

「なら、えん屋の引札の刷り物もつくらねばなりませんな」

蔵臼錦之助がそう言って、南瓜《かぼちゃ》の天麩羅を口中に投じた。

「大忙しですな、先生」

大河内同心が笑みを浮かべた。

「いや、少しでもつとめを増やさないと食えませんから」

本職は当たりが出ない戯作者が真顔で答えた。

「だったら、一緒に下見へ行きますかい」

千之助が言った。

「おれも行こう」

大河内同心も名乗りを挙げた。

「わたしも暇だから行きますかな」

大黒屋の隠居も乗り気で言った。

「ご隠居さんが見てくださったら、品の並べ方などにいい知恵が出るでしょう」

おみねが言った。

「年の功だからな」

海津与力が笑みを浮かべた。

「いや、もう隠居の身なので、多くを望まれても」

七兵衛が苦笑いを浮かべたとき、素麵が運ばれてきた。

「おお、来た来た」

「夏はこれを食わなきゃ」

椀づくりの主従がさっそく箸を取った。

ほどなく、素麵を啜《すす》るいい音がほうぼうで響きはじめた。

四

「薬研堀なら両国橋の西詰に近いから、刷り物ができたらそこで配ればようございましょう」

大黒屋の隠居の七兵衛が言った。

「もうそろそろでしょうか」

大きな荷を背負った手代の巳之吉が大儀そうに言った。

ただの下見だと華がないので、えん屋におろす塗物を見繕って運ぶことにした。

見世びらきの祝いだし、かたちを変えたわん屋の出見世のようなものだから、もうけはあまり眼中にない。

「あそこを曲がったところだぜ。もう少し気張りな」

千之助が指さした。

「へい」

ややあごを出しながらも、巳之吉が答えた。

「まだ置き看板などは出ていないんですな」

見世びらきが近いえん屋へ歩を進めながら、蔵臼錦之助が言った。

「円い器ばかり三十八文で売るえん屋だから、看板も工夫できそうだ」

大河内同心が言った。

「引札の文句も腕の見せどころですぜ、先生」

千之助が戯作者に言った。

「腕が鳴りますな」

蔵臼錦之助は妙なしぐさで二の腕をたたいた。

えん屋に着いた。

だが、竜之進とおちさの姿は見当たらない。

いくつかの棚には、すでに品が並べられていた。歯抜けのところも目立つから、まだまだこれからだ。

「おーい、竜之進」

大河内同心が声をかけた。

ほどなく、竜之進とおちさが出てきた。

「あっ、これはこれは」

「ようこそお越しで」

えん屋を切り盛りすることになる若夫婦が言った。

「品が出てるんだから、どちらかはいねえと不用心ですぜ」

千之助が忌憚《きたん》なく言った。

「ちょっと奥で茶を呑んでいたもので」

竜之進は髷に手をやった。

「見世で呑むようにしたほうがいいですな。これ幸いとばかりに盗みをやらかすような不届き者もいるので」

蔵臼錦之助が言う。

「はい、これからは気をつけます」

竜之進は神妙な面持ちで言った。

「いくらか勘定場が狭いね。普請をやり直さなくても、お客さんとあきないの相談ができるくらいに広げることはできるだろう。そうすれば、表の様子をうかがいながらお茶を呑むこともできる」

七兵衛がさっそく知恵を出した。

「そうですね。思案して、そのようにします」

竜之進は答えた。

「では、あきない物をお持ちしましたので」

手代の巳之吉が荷を下ろした。

「祝いだから、三十八文で売るにはもったいないくらいの品をたくさん持ってきたよ」

七兵衛が笑みを浮かべた。

「それはそれは、ありがたく存じます」

おちさがていねいに頭を下げた。

「すべて一個三十八文ではなく、夫婦椀もあれば、四つ一組のお徳用もございますので」

巳之吉がよどみなく言った。

「はは、あきないの口が回るようになったね」

隠居が手代をほめたから、場に和気が漂った。

みなで手分けして大黒屋の塗物を棚に並べた。

「ずいぶんと見世らしくなりました」

竜之進が白い歯を見せた。

「千鳥屋さんのぎやまん物など、盗みに遭いやすそうな品は帳場に近いところにね」

七兵衛が知恵を授けた。

「はい、そういたします」

おちさが笑顔で答えた。

「客を見たら盗っ人と思ったほうがいいですな」

蔵臼錦之助が言った。

「そりゃ、先生ならそう見えますが」

千之助がすかさず言ったから、戯作者があいまいな顔つきになった。

その後はさらに細かい打ち合わせをした。

「何か目立つ置き看板があったほうがいいかもしれません」

竜之進が言った。

「円い器ばかり三十八文で売るお見世なので、それがひと目で分かるような看板だといいかも」

おちさが言葉を添える。

「なら、円い椀をこうやってかざしてる図柄はどうだい」

七兵衛が身ぶりをまじえた。

「ああ、そりゃ目立っていいな」

大河内同心がすぐさま言った。

「その椀に『何でも三十八文』と書いておけばいいでしょう」

戯作者が知恵を出す。

「かざしている根元のほうに屋号を彫りこむんですかい」

千之助が問うた。

「そうですな。刷り物を先に仕上げてから、看板屋につくってもらえば」

蔵臼錦之助が答えた。

「うまくつくってくださるでしょうか」

おちさがやや不安げに言った。

「そりゃあ、看板屋もあきないだからね」

隠居が笑みを浮かべた。

「むずかしい注文ほど意気に感じるのが江戸っ子だから」

大河内同心が笑う。

それを聞いて、えん屋のおかみになるおちさは、愁眉を開いたような顔つきになった。

五

翌日はいい鮎が入った。

中食はさっそく鮎づくしにした。

鮎飯に鮎の背ごし。さらに稚鮎の天麩羅に小鉢と香の物をつけた、相変わらずの目が回りそうな膳だ。天麩羅が大きな鮎ではなく稚鮎なのは、むろん円い皿にうまく載せるためだった。

「いいねえ、鮎づくし」

「蓼《たで》の葉を散らした鮎飯がさわやかでいいな」

「天麩羅もうめえ」

なじみの大工衆が満足げに言った。

「こりゃあ、どこの鮎だい」

べつの客が問うた。

「玉川《たまがわ》の鮎です。急いで運んでくださったようで」

おみねが笑顔で答えた。

「余った分は南蛮漬けと干物にしますので、またお越しくださいまし」

真造が厨から言った。

「はは、あきないがうめえぜ」

「なら、普請場が終わったら、また来るぜ」

気のいい大工衆が言った。

そんな調子で、中食の膳は好評のうちに滞りなく売り切れた。

二幕目に入ると、人情家主の善之助がまず姿を現した。

家主が暑気払いの冷や奴を頼み、井戸水につけて冷やした酒を呑みだしたところで、客が二人入ってきた。

「こちらはわん屋様でございますね?」

先導する男が腰を低くしてたずねた。

「はい、さようでございます」

おみねが答えた。

「このたびは、大変お世話になりました」

後ろの男が前に出て、包みを差し出した。

「手前は南新堀の下り酒問屋、伊丹屋のあるじの幸右衛門でございます。こちらが御用に携わる皆様が寄合に使われるお見世だとうかがい、遅ればせながらごあいさつにうかがった次第でございます。これはつまらぬものでございますが、お納めくださいまし」

盗賊の難を免れた男はよどみなく言って包みを差し出した。

「これはこれは、お気遣いをいただきまして、ありがたく存じます」

おみねがていねいに一礼して包みを受け取った。

あとであらためてみたところ、定評のある風月堂音吉《ふうげつどうおときち》の焼き菓子だった。

「わん屋のあるじでございます。どうぞお座敷でも一枚板の席でも」

真造が身ぶりをまじえた。

「では、冷たい麦湯を頂戴できれば」

光沢のある結城紬《ゆうきつむぎ》を品良くまとった下り酒問屋のあるじは、そう言って一枚板の席に腰を下ろした。

番頭も控えめに続く。

「大変でございましたね。かわら版で読みましたよ」

家主の善之助が声をかけた。

「こちらのご常連のみなさまのお力で、危ないところを助けていただきました。ありがたいことで」

下り酒問屋のあるじが両手を合わせた。

「本当に紙一重のところで」

番頭も頭を下げる。

ややあって、おみねが麦湯を運んでいった。

伊丹屋の主従はさっそくのどを潤して笑みを浮かべた。

「あの一件があったあと、呑み食いをするたびにありがたさを感じます」

幸右衛門がしみじみとした口調で言った。

「生きていればこその味ですからね」

家主が言った。

「さようです。手前は屋根船に乗っていて難を逃れていたとしても、見世の者や家族が危害を加えられていたらと考えると、いまでもぞっといたします」

伊丹屋のあるじが言った。

「本当に良うございましたね」

おみねが笑みを浮かべた。

「はい。御用組のみなさまのおかげで、一生の傷を背負わずに済みました。向後は心を入れ替え、屋根船などは慎んで、たまに地味に呑む程度にしておくつもりです」

盗賊に押しこまれるところだった男は懲りた様子で言った。

「地味にお呑みになるのでしたら、うちはもってこいですよ」

おみねが如才なく言った。

ちょうど座敷では、円造《えんぞう》が小さな竹刀を手に剣術のまねごとをしていた。

「うるさいわらべも多少はおりますが」

真造が厨から言った。

「はは、それくらいは」

幸右衛門が笑う。

「では、よく冷えた御酒をお持ちいたしましょうか。鮎の背ごしなどの肴も、とりどりにお出しできますので」

おみねが水を向けた。

「さようですか。では、枡《ます》で頂戴できればと。番頭さんの分も」

伊丹屋のあるじは、来たときよりだいぶやわらいだ表情で答えた。

第三章　初めての客

一

段取りは進み、刷り物ができあがった。

「わん市とえん屋開店、二股をかけたものができあがりました」

わん屋に自ら持ってきた蔵臼錦之助が言った。

「なかなかの出来ですぜ」

さっそくこれから配りに行くという千之助が笑みを浮かべた。

「じゃあ、うちにも何枚か」

おみねが言う。

「そのつもりで持ってきたので」

引札を思案した蔵臼錦之助が刷り物を渡した。

こんな文面だった。

開運わん市、今夏も開催さる

江戸に福を運ぶわん市が、七月はじめの午の日、愛宕権現裏の光輪寺にて催さる。

塗物、瀬戸物、ぎやまん物、さらに竹細工や盆、盥に至るまで、円い器が一堂に会す開運の催しなり。

値も安い縁起物を手にすれば、必ずや運気が開けん。

見逃すなかれ、開運わん市。誘ひ合はせて、足をば運ぶべし。

さすれば、必ずや運は開けん。

「あっ、えん屋の引札も入ってるんですね」

おみねが指さした。

「わん市では、えん屋だけの刷り物を配ることに」

蔵臼錦之助が答えた。

刷り物の後半には、扱いこそ控えめだが、えん屋の引札も入っていた。

こんな文面だ。

わん市に遅るることわづか、七月十五日
薬研堀にて「えん屋」が見世びらき
わん市の出見世、いや、定見世にて、何でも三十八文にて円き器をあきなふ
役者と見まがふほどの若あるじは易者でもあり、器が福をもたらすやうに願をかけてをり
いかなる福が到来するか、えん結びのえん屋に乞ふご期待

「思わせぶりですね」

おみねが笑みを浮かべた。

「『役者と見まがふほどの若あるじ』ってとこが味噌でしてな」

蔵臼錦之助がにやりと笑った。

「そう書いておけば、娘さんたちが冷やかしに来てくれるんじゃねえかっていう悪知恵で」

千之助が言った。

「悪知恵は言いすぎでしょうに」

おみねが苦笑いを浮かべた。

「えん屋だけの刷り物には、絵も入れるつもりで」

戯作者が言った。

「新宮様の絵ですか？」

真造が厨からたずねた。

「そうです。役者みたいな若あるじの絵入りで」

蔵臼錦之助は答えた。

「それは楽しみで」

おみねが顔をほころばせた。

「なら、さあーっと配ってきまさ」

千之助が言った。

「では、やつがれも」

蔵臼錦之助も続く。

「行ってらっしゃいまし」

「お気をつけて」

わん屋の夫婦の声がそろった。

二

通油町のわん屋から、蔵臼錦之助と千之助が向かったのは、両国橋の西詰だった。

芝居小屋なども立ち並ぶ繁華な場所で、江戸でも指折りの人通りの多さだ。えん屋が見世びらきをする薬研堀にも近いから、刷り物を配るにはうってつけだった。

「開運わん市、近日開催でーす」

千之助がいい声を響かせた。

「えん屋も見世びらきだよ」

蔵臼錦之助も続く。

「福をもたらす縁起物の器が勢ぞろい。わん市の品を買えば、開運間違いなし」

千之助が刷り物を振る。

「こちらのえん屋は何でも三十八文。円い縁起物の器だけの珍しい見世だよ」

負けじと蔵臼錦之助も声を張りあげた。

ただし、なにぶん繁華な場所だ。ほかにも刷り物配りや呼び込みが多い。言ってみれば、あきないがたきだらけだ。

両国橋の西詰は、横山町や馬喰町《ばくろちょう》といった旅籠《はたご》町に近い。客をわが旅籠へ案内しようとする呼び込みの声が幾重にもかさなって響いた。

「お泊まりは、内湯がついた大松屋《おおまつや》へ」

「のどか屋は朝膳つき。名物の豆腐飯をお召し上がりください」

それぞれの旅籠が呼び込みの声をあげる。

「開運わん市、お見逃しなく」

「えん屋もまもなく見世びらきだよ」

千之助と蔵臼錦之助も負けじと刷り物を配った。

なかには毛色の変わった刷り物配りもいた。

「恵まれぬ子たちの里親を探しております」

「里親探しはわれらにおまかせあれ」

頭を青々と剃り上げた墨染めの衣の僧が二人、力を入れて刷り物を配っていた。

「あっ、竜之進様」

千之助が声をあげた。

「これはこれはおそろいで」

蔵臼錦之助も強面をほころばせた。

えん屋のあるじとおかみになる、新宮竜之進とおちさが姿を現した。

三

「遅くなりました。ちょうど置き看板が届いたところだったので、職人さんの相手をしていて」

おちさがわびた。

「おお、できたんですか」

蔵臼錦之助が言った。

「おかげさまで。先生にもお知恵を拝借して、いいものができあがりました」

竜之進が白い歯を見せた。

「これでいよいよ見世びらきで」

千之助が言う。

「のれんも染物屋さんにお願いしたので」

おちさが笑みを浮かべた。

「えん屋にちなむ色ですな」

案を聞いていたらしい戯作者が言った。

「はい。臙脂色《えんじいろ》ののれんで、○に『えん』と字を入れるつもりです。同じ色の風呂敷もお願いしてきました」

もうおかみの顔でおちさが言った。

「おや、あれは……」

竜之進がややあいまいな顔つきで指さした。

「お坊さんですね」

おちさが言う。

「里親探しの寺が刷り物を配ってるんでさ」

千之助が告げた。

「ここはあきないがたきだらけで」

蔵臼錦之助が苦笑いを浮かべる。

「里親探しはあきないじゃないでしょう、先生」

千之助がすかさず言った。

「いやいや、子のない大店《おおだな》のあるじなら、いいあきないになるかもしれないので」

戯作者が言い返した。

「とにかく、一枚もらってこよう」

竜之進がすぐさま動いた。

「うちの刷り物を配らないと、おまえさま」

おちさがその背に声をかけた。

「戻ったらやるから、先に始めておいてくれ」

竜之進は振り向いて笑みを浮かべた。

四

易者でもある武家は、刷り物配りの僧たちのもとに至った。

「一枚、所望いたす」

竜之進はそう言って右手を伸ばした。

僧は一瞬、ぎょっとしたような顔つきになった。

無理もない。えん屋のあるじになる竜之進は、どこから見ても町場のあきんどのいでたちだ。髷も町人風に改めている。武家の言葉で話しかけられたら、うろたえるのも当然だった。

竜之進も「しまった」と思ったが、やり直すわけにもいかない。

「どうぞお受け取りください」

僧は気を取り直すように刷り物を渡した。

「駒込《こまごめ》村の永楽寺《えいらくじ》でございます。どうかよしなに」

もう一人の僧が白い歯を見せた。

「あ、はい」

竜之進はあいまいな返事をした。

あきないをするのなら、代わりにえん屋の刷り物を渡さなければ。

そう思ったが、わざわざ取りに戻るのも億劫《おっくう》だ。結局、竜之進は寺の刷り物を手にしてみなのもとへ戻った。

「お帰りなさい」

おちさが声をかけた。

「まずは手伝いだね」

寺の刷り物を二つに折ってふところに入れると、竜之進も刷り物配りに加わった。

「来月初めての午の日は開運わん市へ」

「場所は愛宕権現裏の光輪寺。円い器で開運間違いなし」

千之助と蔵臼錦之助が声をかけながら刷り物を配る。

「どうかよしなに」

竜之進も続く。

ただし、その表情はいささか硬かった。

「よろしゅうお願いいたします」

おちさも続く。

こちらはいい感じの笑顔だ。

「開運わん市、よろしゅうに」

それを見た竜之進の口調がやっとやわらいだ。

「そうそう、その調子で、おまえさま」

おちさが笑顔で声をかけた。

五

「とりあえず、やるべきことは終わりましたな」

蔵臼錦之助がそう言って、冷たい麦湯を啜った。

両国橋の西詰の茶見世だ。刷り物を配り終えた一行は、落ち着きそうな見世でひと休みすることにした。

「このみたらし、おいしい」

団子を食したおちさが笑みを浮かべた。

麦湯とみたらし団子。みながその組み合わせだ。

「餡《あん》が甘すぎねえのがいいな」

千之助も満足げに言った。

酒は一滴も呑めないが、甘いものはわりかた好物だ。

「おまえさまは食べないの？」

竜之進のほうを見て、おちさがややいぶかしげに問うた。

「あ、いや、食べるよ」

寺の刷り物をあらためていた竜之進は、我に返ったような顔つきになった。

「その刷り物が何か？」

千之助も問う。

「いや、つい読みふけっていただけで」

竜之進は笑ってごまかした。

二人の僧が配っていた刷り物には、こう記されていた。

駒込村の永楽寺にて里親探し

ありがたき菩薩如来を本尊とする永楽寺は救ひの寺なり。

住職の天楽《てんらく》和尚は有徳の高僧なり。

ある日、住職は菩薩如来のお告げを受けたり。

「汝《なんじ》、恵まれぬ孤児を救ひ、里親を探すべし」と。

男女とりどり、寺にはあまたのわらべがゐをり。

世のため人のため、格安の世話料のみにて、望む者に斡旋せん。

我こそは里親にと欲する者は、駒込村の永楽寺をたづねられよ。

刷り物の余白では、菩薩如来が穏やかな笑みを浮かべていた。

「えん屋の刷り物には、あるじとおかみの似面を入れますので」

蔵臼錦之助がそう言って、最後のみたらしの串に手を伸ばした。

「いえ、それはあるじだけで」

おちさが竜之進のほうを手で示した。

「いや、美男美女がそろわないと。わん市で配るんでしたら、絵師に声をかけてそろそろ動かなければ」

蔵臼錦之助が言った。

「わん市でも盛大に配りますぜ」

千之助がやや大仰な身ぶりをまじえた。

六

戯作者は果断に動いた。

翌日にはさっそく絵師を伴って薬研堀のえん屋に姿を現した。

ちょうど染物屋からのれんが届いた。置き看板はすでにできている。しだいに舞台が整ってきた。

「美男美女を描かせていただくのは楽しいですね」

総髪の絵師が笑みを浮かべた。

蔵臼錦之助がつれてきた絵師で、名を行橋探海《ゆくはしたんかい》という。絵師と言うより、何がなしに噺家《はなしか》を彷彿させるような風貌だ。

「美女だなんて、とてもとても」

おちさが言った。

「いえいえ、本当にもうお似合いの美男美女のご夫婦で」

筆をさらさらと走らせながら、探海が言った。

「いま少し楽な表情で、新宮様」

蔵臼錦之助が言った。

緊張するのか、どうも顔つきが硬い。いまにも敵に斬りかかりそうな雰囲気だ。

「せっかくのれんが仕上がり、置き看板もあるんですから、表でも描きましょうか」

戯作者が水を向けた。

「えっ、表でですか？」

竜之進が当惑げな顔つきになった。

「ちょっと恥ずかしいかも」

おちさも言う。

「いや、それも引札の一環ですから」

蔵臼錦之助が笑って言った。

「では、表で描きましょう」

探海が乗り気で言った。

そんなわけで、まだ見世びらきをしていないえん屋の前で似面描きが再開された。

「図らずも、のれんのお披露目で」

戯作者が指さした。

真新しいえん屋ののれんだ。

そこはかとなく見世の名にちなんで、臙脂色に染められている。

のれんに染め抜かれた字は、光を浴びて悦ばしく輝いている。

勢いのある筆勢で書かれた○の中に「えん」と記されている。こちらはほっこりとしたたたずまいだ。

「いい感じののれんですね。これは繁盛しますよ」

絵師が言った。

「まだ表情が硬いですな、新宮様」

蔵臼錦之助が言った。

「もっとお楽に、笑みを浮かべて」

筆を走らせながら、探海が言った。

「こうか」

竜之進は無理に表情をやわらげた。

どうにも不自然な顔つきだ。

「いや、まあ、下駄を履かせて描きますので」

絵師が言った。

おちさのほうも緊張の面持ちだった。

両国橋の西詰と違って、ひっきりなしに人が通るわけではないが、夫婦で並んで見世の前に立って似面を描いてもらっているのだから、いやでも目立つ。

ただし、それがいい引札にはなった。

「おや、何の趣向だい？」

たまたま通りかかったどこぞの隠居とおぼしい男から声がかかった。

「見世の刷り物をつくるので、あるじとおかみの似面を描いてもらっているんですよ」

ここぞとばかりに、蔵臼錦之助が答えた。

「そうかい。ここは何の見世だい？　真新しいのれんに見えるけれど」

隠居が温顔で問うた。

「円い器ばかりを三十八文であきなう見世で、来月の十五日が見世びらきです」

戯作者が答えた。

「ほう、変わった三十八文見世だね」

と、隠居。

「えん屋という名で、世の中が円くなるようにという願いをこめて、円い器やお盆などをあきなわせていただきます」

おちさが若おかみの顔で言った。

「どうぞよしなに」

竜之進もわずかに笑みを浮かべた。

「置き看板もできたので、あとは棚の品をそろえて見世びらきを待つばかりで」

蔵臼錦之助が手で示した。

「なら、置き看板も入れましょう」

探海がもう一枚下描きの支度を始めた。

えん屋の入口の右手に、置き看板が据えられていた。

柱から男女のものとおぼしい二本の手が出て、円い器を支えている。なかなかに凝った造りだ。

鮮やかな朱色に塗られた円い器には、よく目立つ金文字で「えん」と記されている。

柱には字が刻まれていた。

　開運うつは

　どれでも三十八文

「なるほど。入ってみたくなる看板だね」

隠居が笑みを浮かべた。

「見世びらきの前に、初物はいかがでしょう」

おちさが如才なく言った。

「えっ、いいのかい？」

隠居の顔に少し驚きの色が浮かんだ。

「これも『えん』ですから」

やっと少しやわらいできた表情で、竜之進が言った。

「では、下描きなので、こんな感じで」

探海が言った。

「仕上がりが楽しみですな」

蔵臼錦之助が言う。

外での似面描きが終わったところで、一同は中に入った。のれんを出していると見世びらきをしたかのようだから、いったん中にしまった。

図らずも初めの客になった隠居に茶を出した。

通旅籠町《とおりはたごちょう》の紅白粉《べにおしろい》問屋の隠居で、紅屋清兵衛《べにやせいべえ》という名だった。隠居とはいえ血色は良く、これまで培ってきた人脈を活かし、得意先廻《まわ》りにもまだ出ているらしい。

茶を呑み終えると、清兵衛は皮切りに買う品をあらためはじめた。

「どの品もいいねえ」

紅白粉問屋の隠居が笑みを浮かべた。

「木彫りの椀やお盆などはこれから入ります」

おちさが空いている棚を手で示した。

「すべてそろったら、さらに目移りがしそうだ。……おっ、この夫婦椀はことにいい感じだね」

紅屋の隠居が塗椀に手を伸ばした。

「通二丁目の大黒屋さんの品です」

おちさが告げた。

「大黒屋というと、七兵衛さんのところだね？」

清兵衛が問うた。

「ええ。ご存じなんですか？」

と、おちさ。

「近場の隠居仲間で、どちらも名に『兵衛』がつくからね。ときどき一緒に蕎麦をたぐったりするよ」

紅屋の隠居が身ぶりをまじえた。

「さようでしたか」

おちさが笑顔になる。

「大黒屋のご隠居さんが肝煎りをつとめているわん市という催しがありまして、縁起物の円い器ばかりをあきなって好評を得ているんです。このえん屋は、わん市が屋根つきの見世になったような按配で」

蔵臼錦之助が説明した。

「わん屋という、すべての料理を円い器に盛って出す見世で、月に一度寄り合っていろいろ相談をしているんです」

おちさがわん講の紹介をした。

「ああ、前に七兵衛さんから誘われたことがあるよ。わたしは下戸なのでやんわりと断ったんだが、今度行ってみようかね」

清兵衛は乗り気で言った。

「下戸の客も、生《しょう》のものを口にしない客もいますから」

戯作者が笑みを浮かべた。

前半は千之助、後半はほかならぬおのれのことだ。

「そうかい。では、いずれ。今日のところは初物の品を買って帰るよ」

紅屋の隠居が夫婦椀を差し出した。

黒と朱。

いずれもつややかな仕上がりだ。

「ありがたく存じます」

竜之進が頭を下げた。

「いまお包みしますので」

おちさが品を受け取った。

「風呂敷もできあがったばかりなんですよ」

蔵臼錦之助が言った。

「それは、ますます縁起物だね」

えん屋の初めての客が温顔で言った。

第四章　再びの開運わん市

一

七月に入って初めての午の日――。

愛宕権現裏の光輪寺にこんな立て札が出た。

開運わん市

住職の文祥和尚の勢いのある筆でそう記されている。

わん市も回が重なり、すっかりおなじみになった。「開運」と銘打たれるのも二度目だ。

「これを楽しみにしてきましてね」

「大きな嚢《ふくろ》を背負ってきました」

江戸のほうぼうからやってきた客が言った。

「どの品も円い縁起物だからね」

「しかも、値《あたい》が安い」

「そりゃ、売れないはずがないよ」

客は口々に言いながら品をあらためていた。

大黒屋の塗物、美濃屋の瀬戸物、千鳥屋のぎやまん物。

太平と真次の椀。富松の竹箸に、丑之助の竹細工。

松蔵《まつぞう》の盆に、一平《いっぺい》の盥。

役者がずらりとそろい、自慢の品を並べている。

「千鳥屋の勘定場はこちらでございます」

おまきが手を挙げた。

お産が近いから今回は休みかと思いきや、亭主で出見世のあるじの幸吉《こうきち》とともに顔を見せた。ぎやまん物は割れないようにしっかり包まねばならないから、専用の勘定場を設けてある。

「こちらは、どのお見世の品も扱っております」

おちさの声が響いた。

隣には竜之進もいる。

「では、これを頼むよ」

隠居風の客が品を差し出した。

「ありがたく存じます。二十文頂戴します」

瀬戸物をちらりと見て、おちさが言った。

どの品がいくらか、あらかじめ頭にたたきこんである。このあたりはいくたびも勘定場をつとめてきた慣れだ。

「よろしければ、これもどうぞ」

竜之進が刷り物を差し出した。

「ほう、新たな見世だね」

受け取った客が言った。

「はい、十五日にのれんを出します」

竜之進が差し出したのは、えん屋の見世びらきを告げる刷り物だった。

二

「これはまたさわやかな絵だね」

刷り物を見た客が言った。

えん屋ののれんと置き看板の前で、紺色の作務衣をまとった竜之進とあでやかな桜色の着物姿のおちさがほほ笑んでいる。

「美男美女の取り合わせなので」

いくらか離れたところから、大黒屋の隠居の七兵衛が言った。

「いえいえ」

おちさがあわてて手を振る。

「呼び込みはこのへんで」

蔵臼錦之助が戻ってきた。

「えん屋の刷り物も配りましたんで」

千之助が笑みを浮かべる。

「ありがたく存じます」

おちさがすかさず頭を下げた。

ややあって、七兵衛が驚いたように右手を挙げた。

「おや、紅屋さん。ここは初めてだね」

大黒屋の隠居が言った。

「その節はどうも」

おちさがまた頭を下げた。

「知ってるのかい?」

七兵衛の顔にまた驚きの色が浮かぶ。

「うちの初めてのお客さんになってくださったんですよ」

竜之進がそう言って、かいつまんでいきさつを伝えた。

「そうかい。そりゃ何よりだ」

七兵衛が破顔一笑した。

「七兵衛さんがここの肝煎りなんだってね」

紅屋の隠居が言う。

「まあ一応、そういうことに。前にも勧めたわん屋っていう見世で、月に一度寄り合いもやってるよ」

大黒屋の隠居が告げた。

「そりゃ、そのうち必ず顔を出すよ。楽しみだ」

紅屋の隠居が笑顔で言った。

「あのとき似面を描いていただいた刷り物ができました」

おちさが清兵衛に渡した。

「ほう、これはいいね。よく目立つ」

見るなり、紅白粉問屋の隠居が言った。

「美男美女の取り合わせだからね」

七兵衛が重ねて言う。

「これで繁盛間違いなしだ」

清兵衛がいい声で言った。

三

えん屋では大黒屋の夫婦椀を買った紅屋の隠居は、わん市では木目の美しい椀を購《あがな》った。

「ありがたく存じます。気を入れて彫りましたんで」

真次が笑顔で言った。

「使いこめば使いこむほどに、椀に味が出てきますんで」

親方の太平も言う。

「そりゃあ楽しみだ。いい買い物をしたよ」

清兵衛が笑みを浮かべた。

紅白粉問屋の隠居が去ってほどなく、お忍びの武家がふらりと姿を現した。

「おお、これは井筒《いづつ》さま」

肝煎りの七兵衛がいち早く気づいて声をかけた。

着流しの武家が粋なしぐさで右手を挙げた。

大和高旗《やまとたかはた》藩主の井筒美濃守《みののかみ》高俊《たかとし》だ。

「久々に来てみた」

お忍びの藩主が白い歯を見せた。

わん屋にも折にふれて現れる快男児だ。江戸じゅうの話題になった「三つくらべ」では、大和高旗藩は海津与力が率いる御用組と火消し衆とともに競い合った。大川を泳ぎ、街道筋を馬で駆け、最後は人が駆け比べをする三つくらべだ。

「縁起物をたんとお買い求めくださいまし」

肝煎りの七兵衛が笑顔で言った。

「手前どもはことにいい品をそろえましたので」

美濃屋のあるじの正作《しょうさく》が如才なく言った。

瀬戸物なら江戸でも指折りの問屋で、わん市には欠かせない。

「こっちは腕によりをかけてつくりましたんで」

竹細工職人の丑之助が鮮やかな仕上がりの品を手で示した。

「はは、どれもじっくり見させてもらうぞ」

井筒高俊が言った。

大和の小藩だが、参勤交代は免除されている。いわゆる定府《じょうふ》大名だ。江戸で生まれ育った男だから、訛《なま》りはまるでなかった。

「いくらでも運びますので」

お付きの武家の御子柴大膳《みこしばだいぜん》が言った。

「おう、頼む」

お忍びの大名はそう言うと、品をあらためてはどんどん買っていった。

なかなかの目利きだが、即断即決、むやみに迷ったりはしない。

「良い品だな。素麵を盛れば涼やかだ」

ぎやまん物を手に取った井筒高俊が笑みを浮かべた。

「さようでございますね。あしらいをたっぷり添えた刺身などもよろしかろうと」

千鳥屋の出見世のあるじの幸吉が勧めた。

「気に入った。よし、これも買おう」

大和高旗藩主が軽く右手を挙げた。

「ありがたく存じます」

幸吉が頭を下げた。

「いまお包みしますので」

その女房で、的屋《まとや》の娘のおまきが笑顔で言った。

「頼む。そろそろ産み月ではないのか」

だいぶ目立ってきたおなかにちらりと目をやって、井筒高俊が言った。

「はい。あとひと月ほどだと思います」

おまきが答えた。

「ここで生まれることはないだろうということだったので、お願いしたんですよ」

いくらか離れたところから、肝煎りの七兵衛が言った。

「はは、ここでお産だと大変だ。良い子を産め」

お忍びの藩主が白い歯を見せた。

「はい。ありがたく存じます」

ぎやまんの鉢にていねいに詰め物を入れながら、おまきは明るく答えた。

四

その後も客は次々に来た。

わん屋の近くの鍛錬館《たんれんかん》の道場主である柿崎隼人は、門人たちをつれてきてくれた。

剣術指南の武家とその弟子たちがまず向かったのは、一平の盥のところだった。

「なるたけ大きいのがよろしいでしょう、先生」

弟子が言った。

「大中小、とりどりの盥を取りそろえておりますので」

一平が手で示した。

「みなでうどんでも食べるんですかい？」

竹箸づくりの富松がたずねた。

「いや、これから暑くなるんでな。冷たい井戸水を盥に張って、手拭をつけておいて稽古が終わったら汗を拭くようにすればさっぱりするだろうと」

柿崎隼人が答えた。

「それはいい思案ですね」

盥づくりの職人が笑みを浮かべた。

「でも、盥うどんも捨てがたいですね」

「手拭をつけたり、足を洗ったり、うどんを食ったり、いろいろ使えるでしょう」

門人たちが言う。

「足を洗った盥でうどんを食うのはどうか。腹でも下したら大変だぞ」

鍛錬館の道場主が言った。

「では、大と中、二つの使い分けでいかがでしょう」

一平が指を二本立てた。

「はは、あきないがうまいな」

柿崎隼人が笑った。

「使えば使うほど、福が来ますので」

盥づくりの男が妙な身ぶりをまじえた。

「開運わん市だからな」

いくらか離れたところから、盆づくりの松蔵が言う。

「よし、なら、二つ買うか」

道場主は両手を打ち合わせた。

「ありがたく存じます」

一平が満面の笑みで頭を下げた。

五

その後も千客万来だった。

両国橋の西詰で刷り物を配っていた駒込村の永楽寺の僧も足を運んでくれた。

刷り物を配っていた二人の僧ばかりではない。紫の袈裟《けさ》をまとった見るからに格の高そうな僧もいた。

場所を提供している光輪寺の若い僧が住職の文祥和尚に知らせた。いでたちを見ると、ただ者ではなさそうだ。

「ようこそお越しくださいました。拙僧は当寺の住職の文祥と申します」

紫衣《しえ》の僧に向かって、文祥和尚はていねいにあいさつした。

もともとは美濃屋の上得意で、器道楽で知られていた。こうしてわん市に場所を提供するようになったのは、ごく自然な成り行きともいえる。

「駒込村の永楽寺の住職、天楽でございます」

紫衣の僧が頭を下げた。

「おお、これはこれは、里親探しで有名な永楽寺の」

文祥和尚の顔に驚きの色が浮かんだ。

「いえ、そのような有名などとは」

天楽和尚が謙遜して言った。

「いやいや、江戸じゅうに名が轟《とどろ》いておりますから。……で、今日はわん市にお運びいただきまして」

光輪寺の住職が頭を下げた。

「弟子の僧から刷り物を見せていただきまして。開運とあらば、足を運ぶべしと」

天楽和尚が笑みを浮かべた。

ここで肝煎りの七兵衛があいさつに来た。

「手前は塗物問屋の大黒屋の隠居で、わん市の世話人をつとめさせていただいております。どうぞごゆるりとごらんくださいまし」

七兵衛は如才なく言った。

「ご苦労さまでございます。拝見させていただきます」

天楽和尚は両手を合わせた。

有徳の僧という評判にふさわしい福相で、耳たぶがことに厚い。何がなしに動く仏像を彷彿させるたたずまいだ。

「箸も売られているのですね」

富松があきなう品を見て、和尚はややけげんそうに言った。

「おいらだけ円い器じゃなくて相済まねえんですが、妹が近々えん屋という見世を開きますんで」

竹箸づくりの職人が言った。

「円い器を何でも三十八文で売る見世なんでさ」

竹細工職人の丑之助が言う。

「ああ、刷り物をいただきましたよ。見世びらきをして機があれば、寄ってみることにしましょう」

福相の僧が笑みを浮かべた。

そんな調子で、永楽寺の僧たちはわん市の品をひとわたりあらため、いくつかの買い物をして上機嫌で去っていった。

そのさまを、竜之進はときおりじっと見つめていた。

六

再びの開運わん市は、盛況のうちに幕を閉じた。

打ち上げは、もちろんわん屋だ。

わん市に出品した面々は、二幕目から貸し切りのわん屋に集まった。

「お疲れさまでございました。素麵が冷えておりますので」

おみねが笑顔で盆を運んできた。

「これは何よりだね」

肝煎りの七兵衛が笑みを浮かべた。

「大黒屋さんの塗椀ですので」

と、おみね。

「千鳥屋さんのぎやまんの器にすれば涼やかなのに」

大黒屋の隠居が言う。

「うっかり落っことして割ったら大変ですから」

おみねはそう言って笑った。

「そういえば、千鳥屋のおまきちゃんは帰ったみたいですね」

美濃屋の正作が言った。

「そりゃあ産み月が近いから、無理はしないほうがいいよ」

七兵衛が温顔で言った。

おちさも手伝って、素麵が行きわたった。

むろん、酒も出た。

肴はまず枝豆だ。

素麵もさることながら、江戸の夏は茹でて塩を振った枝豆がうまい。

これは丑之助の竹笊に盛った。同じ竹細工でも、蒸し物に用いる蒸籠《せいろ》もあれば、蕎麦などを盛る笊もある。今日は笊に色鮮やかな枝豆を盛った。

「冷えた素麺に枝豆。とりあえずこれがありゃあ、うめえ酒が呑めるな」

盆づくりの松蔵が笑みを浮かべた。

「おいらは干物なんぞも欲しいな」

椀づくりの真次が言った。

「焼こうか、兄さん」

真造がすかさず問う。

「おう、そうしてくれ」

真次はすぐさま答えた。

「なら、おいらもくんな」

親方の太平も手を挙げた。

「では、わたしもいただきましょう」

竜之進も控えめに言った。

「やつがれは魚を食さぬので、奴豆腐などを」

蔵臼錦之助が所望した。

そんな調子で注文が進み、打ち上げの席がにぎやかになってきたところで、三人の男が入ってきた。

海津与力と大河内同心、それに千之助。

御用組の面々だった。

七

「わん屋の素麵はうまいな。茹で方がちょうどいい」

大河内同心が満足げに言った。

「つゆもいい塩梅だ」

海津与力も和す。

「お代わりもございますので」

おみねが笑顔で告げた。

「わん市が終わったら、次はえん屋の見世びらきですな」

千之助が言った。

「ええ、気張ってやります」

おちさが笑みを浮かべた。

「そういえば、わん市にはいなかったですな」

蔵臼錦之助が千之助に言った。

「まあ、ちょいと用事があったもんで」

御用組のかしらのほうをちらりと見てから、千之助が答えた。

干物が次々に焼きあがった。奴豆腐もできた。

おみねとおちさが手分けして運ぶ。

「鰻の蒲焼きもお出しできますが、いかがいたしましょう」

真造が水を向けた。

「そりゃあ、食って帰らねえとな」

海津与力が真っ先に言った。

「食わずに帰ったら後生が悪いんで」

大河内同心も和す。

「なら、おいらもくんな」

椀づくりの太平が手を挙げた。

「おいらも」

真次も続く。

「そりゃ付き合わねえと」

「望むところで」

松蔵と一平の手も挙がった。

「順にお持ちしますので。……ご隠居さんはいかがです？」

おみねが七兵衛に問うた。

「精をつけなきゃいけない歳じゃないからね」

大黒屋の隠居がそう答えたから、わん屋に笑いがわいた。

「竜之進はいいのか？」

海津与力が声をかけた。

「今夜か明日にでも、卦を立ててみますので」

竜之進は少し声を落として答えた。

「精進潔斎だな」

それと察して、与力が言った。

「頼むぞ。鰻は代わりに食ってやるから」

大河内同心が笑みを浮かべた。

「なら、あさってにでも見立てを聞きにいきまさ」

千之助が言った。

「ああ、お願いします」

竜之進が軽く頭を下げた。

「えん屋の見世びらきの支度と二股で大変だが、代わりはおらぬから、しっかりやってくれ」

御用組のかしらが言った。

「承知しました」

竜之進は引き締まった表情で答えた。

第五章　えん屋開店

一

示したまえ、啓《ひら》きたまえ……

竜之進が祝詞を唱えていた。

見世びらきが近い薬研堀のえん屋に、行灯の灯りがともっている。

易者でもある竜之進がこれから卦を立てるところだ。

橘町《たちばなちょう》の長屋で行うと、祝詞の声がよそに響いてしまう。かと言って、声を落としてしまえば気がこもらない。

と言うわけで、今回の占いはえん屋で行うことにしたのだった。

竜之進ばかりではない。おちさもその場にいた。

示したまえ、啓きたまえ……

祝詞を唱える竜之進の彫りの深い横顔を、うっとりしたようなまなざしで見つめている。邪魔にならないように、おちさは咳払いもしないように気をつけていた。

竜之進の長い指が動き、筮竹を操る。

筮竹の先端はいやにとがっていた。手裏剣としても使える、竜之進ならではの筮竹だ。

神官の三男として生まれた竜之進は、易と剣術の研鑽《けんさん》を積んできた。神社は兄が継ぐことになっていたため、諸国を放浪しつつ研鑽を積むことができた。

筮竹を手裏剣として使う技は、その修行中に編み出した。自ら竹を削り、ぐっと気を集めて狙ったところへ放つ。いくたびも繰り返すにつれて精度が増し、やがて百発百中の腕前になった。

しかし、いまは易者だ。

占うべきことを念じ、気の流れをつくる。

機は熟した。

「鋭《えい》っ！」

竜之進は声を発した。

おちさが思わずびくっと肩をふるわせたほどの気合だった。

卦が出た。

竜之進がじっとにらむ。

ほどなく、その表情がそこはかとなく変わった。

二

「急いては事を仕損じるからな」

海津与力がそう言って、小ぶりの湯呑みの酒を少し啜った。

わん屋の二幕目だ。

「望みの卦と違ったので、いくらか残念そうでしたが」

千之助も湯呑みに手を伸ばした。

こちらは下戸だから冷たい麦湯だ。

「そうそういい卦ばかりは出ねえや」

大河内同心が渋く笑った。

こちらも冷や酒だ。このところ、江戸はだいぶ暑い。

「まあ、竜之進が文に書いてきたとおりだ。ここはしばし『待ち』だな」

御用組のかしらはそう言って、青唐辛子の味噌焼きに箸を伸ばした。

今日は青唐辛子がふんだんに入ったらしく、このあとも次々に目先の変わった肴が出るようだ。田楽味噌を塗ってあぶり、罌粟《けし》の実を振った味噌焼きは辛みと甘みがいい塩梅に響き合った肴だ。

「そうですな」

大河内同心がうなずいた。

竜之進はえん屋の見世びらきに備えて、おちさとともに最後の準備に余念がなかった。

占いの結果については、文をしたためて千之助に託した。海津与力と大河内同心がそれに目を通し、わん屋の酒肴を楽しみながら協議に入ったところだ。

文にはこう記されていた。

卦は火水未済《かすいびせい》なり。

子狐は急いて川を渡らんと欲し、尻尾を濡らしてしまへり。

時はいまだ至らず。

無理に動かず、機を待つが吉なり。

向後、折にふれて卦を立て、良き卦が出れば動くべし。

竜之進

「まあとにかく、易者様の言うとおりにするしかなさそうだ」

海津与力がそう言ったとき、次の肴が運ばれてきた。

「青唐辛子の焼き浸しでございます。もうひと品、おかみさんがあとでお持ちいたしますので」

笑顔でそう告げたのは、新たな手伝いの娘だった。

名をおみかと言う。

「おう、だいぶ慣れたみてえだな」

千之助が声をかけた。

「ええ。習いごとがない日は、二幕目のお手伝いも始めました」

おみかは、はきはきと答えた。

「習いごとは何をやってるんだ？」

大河内同心がたずねた。

「袋物づくりなどを」

おみかが答えた。

「そうかい。気張ってやりな」

同心は笑みを浮かべた。

「おみかちゃんも下戸だけど、二幕目は大丈夫か？」

千之助が気づかった。

どちらも下戸で、奈良漬けをひと切れ食べただけで調子が悪くなるという話を前にして、すでに打ち解けている。

「ええ。お酒の匂いはだいぶ慣れました」

おみかは笑顔で答えた。

「無理せずやんな」

海津与力が表情をやわらげる。

「はい。では、ごゆっくり」

おみかは一礼して戻っていった。

一同は青唐辛子の焼き浸しをさっそく賞味した。

「これも酒に合うな」

与力が笑みを浮かべた。

「麦湯にも合いますぜ」

千之助がさっそく箸を伸ばした。

だしに醬油と味醂《みりん》をまぜた割り醬油に焼いた青唐辛子を浸し、味がしみたところで糸がつおをまぶして仕上げる。これでまずいわけがないというひと品だ。

「竜之進もえん屋の見世びらきで忙しいだろうから、落ち着いていい卦が出てからだな」

海津与力が言った。

「いざとなったら、おいらはすぐ動きますんで」

忍びの血を引く千之助が言った。

「おう、頼むぜ」

大河内同心が言った。

「任しといてくだせえ」

千之助は白い歯を見せた。

ややあって、おみねが三品目の肴を運んできた。

青唐辛子とちりめんじゃこの炒り煮だ。

「これも酒にはもってこいだ」

海津与力が満足げに言った。

「一味唐辛子も入ってるのが小粋なところで」

大河内同心がうなずく。

「円い小鉢ばかりで、相変わらず目が回りそうになってきましたな」

と、千之助。

「そりゃあ、わん屋だからよ」

海津与力が笑う。

「次はえん屋の見世びらきの打ち上げですな」

大河内同心が言った。

「お待ちしておりますので」

おみねが笑顔で言った。

三

その日が来た。

七月十五日の午《ひる》――。

薬研堀のえん屋は真新しい臙脂色ののれんを出した。

「よっ、待ってました」

今や遅しと見世びらきを待っていた客が真っ先にのれんをくぐった。

「いらっしゃいまし」

おちさが声をかけた。

「おっ、いい見世だなあ。良さげな品がふんだんにあるぜ」

最初の客が大声で言った。

おちさが口に手をやった。思わず吹き出しそうになったからだ。

それもそのはず、わざとらしい声をあげたのは千之助だった。

いわゆるサクラだ。

「こりゃあ目移りがしますな」

もう一人のサクラが芝居がかった口調で言った。

蔵臼錦之助だ。

えん屋の見世びらきがうまくいくようにと、御用組が思案して二人にいち早く並んでもらったのだった。

この企みは図に当たった。

千之助と蔵臼錦之助の声につられて、客が次々にえん屋ののれんをくぐってくれるようになったのだ。

「いらっしゃいまし。どの品も縁起物で三十八文です」

おちさがここぞとばかりに言った。

「見世びらきのしるしに、先着三十名様に手拭いをお渡ししております」

竜之進も和す。

昨日からいくたびも稽古してきたから、よどみなく言うことができた。

「おっ、ぎやまん物まであるぜ」

千之助が芝居を続ける。

「盆や竹細工もいい按配ですな」

蔵臼錦之助も和す。

「ほんとだ、塗椀もきれいで」

「椀も木目が鮮やかだな」

ほかの客の声もそこここで響くようになった。

品は次々に売れた。

「ありがたく存じました」

「えん」と染め抜かれた臙脂色の風呂敷で包み、手拭いを添えて渡す。

竜之進はいささか堅苦しさが残っていたが、おちさは堂に入ったおかみぶりだった。

「この調子なら大丈夫でさ」

機を見て、千之助が戯作者に小声で言った。

「そうですな。なら、長居していたらかえって怪しまれるので、わん屋につないで来ましょう」

蔵臼錦之助が笑みを浮かべた。

四

「さようですか。繁盛していましたか」

おみねの表情がぱっとやわらいだ。

「まあ、やつがれと千之助のサクラも功を奏したのですが」

蔵臼錦之助が上機嫌で言った。

「何にせよ、結構なことで」

真造が厨から言った。

「なら、気になるんで、おいらはちょいとのぞいてきまさ」

竹箸づくりの富松が言った。

妹のおちさの見世びらきだが、あまり早くから行くのもどうかとまずはわん屋で呑んでいた。

「わたしらもあとで行くので」

大黒屋の隠居の七兵衛が言った。

「わたしもえん屋の最初の客だったからね」

紅屋の隠居の清兵衛が笑みを浮かべた。

七兵衛に誘われて、わん屋の客にもなった。どの料理も円い器に盛られる趣向も、味もことのほか気に入ったらしい。

「承知で。なら、おいらはお先に」

富松はさっと右手を挙げた。

ほどなく、人情家主の善之助もやってきた。

えん屋が繁盛しているという話を戯作者から聞いた善之助はたちまち笑顔になった。

「わたしが紹介した見世だから、ほっとひと息ですよ」

人情家主が胸に手をやった。

「向こうへは行かれます？」

おみねが問うた。

「ちょっと一杯呑んでからだね」

善之助は笑みを浮かべた。

「小鮎の南蛮漬けがうまいですよ」

七兵衛がすすめる。

「手前は南蛮漬けをごはんに載せて頂戴しました」

お付きの手代の巳之吉が笑顔で告げた。

「二度揚げした鮎をすぐ南蛮酢に浸けているので、風味豊かでしてね」

紅屋の隠居が言う。

「そう聞いたら、食べないわけにはいきませんね」

善之助が笑って答えた。

「いまお持ちします」

おみねのいい声が響いた。

「先生には奴豆腐と胡瓜《きゅうり》の酢の物を」

真造が蔵臼錦之助に言った。

「そりゃあ何よりです」

戯作者の異貌がほころんだ。

料理が運ばれてきた。おみかは習いごとに行ったから、おみねが盆にすべて載せて運ぶ。

人情家主がさっそく南蛮漬けに箸を伸ばした。

「これは香りがいいね」

善之助が満足げに言う。

「胡麻油をいくらか足して揚げておりますので」

わん屋のあるじが答えた。

「えん屋の見世びらきだから今月のわん講はないけれど、寄ってよかったね」

七兵衛が言った。

「では、そろそろまいりましょうか」

紅屋の隠居が水を向けた。

「そうだね。繁盛ぶりを見にいこう」

からくり人形の円太郎《えんたろう》で遊びはじめた円造をちらりと見てから、七兵衛が腰を上げた。

五

「おう、どうだ調子は」

大河内同心がたずねた。

「おかげさまで、たくさんお客さんが来てくださって」

おちさがいくぶん上気した顔で答えた。

「おいらの竹箸もわりかた出てくれたみたいで」

先に様子を見に来た兄の富松が笑みを浮かべた。

「ありがたいことで」

竜之進は軽く両手を合わせた。

「そりゃあ何よりだ」

大河内同心が見世の様子を見ながら言った。

さすがに列まではできていないが、品定めをしている客が二、三人いた。しばらくは閑古鳥が鳴くことも覚悟していたが、この調子なら大丈夫そうだ。

ややあって、七兵衛とお付きの巳之吉、紅屋の清兵衛、それに人情家主の善之助がつれだってやってきた。えん屋はさらににぎやかになった。

「うちの品は出てるかい？」

大黒屋の隠居がたずねた。

「ええ。ことに夫婦椀が好評で。また仕入れなければという話をしていたところです」

おちさが笑顔で答えた。

「ついでに、おいらの夫婦箸も売ってくんな」

富松が言う。

「もちろんで」

妹がすぐさま答えた。

「品はいくらでも運びますので」

手代の巳之吉が言った。

「なら、善は急げで、品揃えをたしかめてから明日にでも」

七兵衛が段取りを進めた。

「よろしゅうお願いいたします」

おちさはていねいに一礼した。

間ができたところで、大河内同心が竜之進を呼び寄せた。

「その後、あちらのほうはどうだ」

小声で訊く。

「卦のほうですか」

竜之進も声を落とす。

「そうだ。千之助をすぐにでも動かすが」

と、同心。

「雲の動きや月の様子などを見て、卦を立てる時をうかがいます」

竜之進は答えた。

「頼む。そちらはだれも代わりができねえからな」

大河内同心はそう言って笑みを浮かべた。

六

えん屋の初日は上々だった。

思いのほかの売り上げを手にした竜之進とおちさは、戸締りをして橘町の長屋へ戻った。

「湯屋へ行ってから、屋台の蕎麦でも食べようか」

竜之進が水を向けた。

「ああ、いいわね。そうしましょう」

おちさは笑顔で答えた。

いくらか歩いたところに湯屋がある。髪を洗うおちさのほうが時がかかるから、竜之進もゆっくり湯につかった。

「待った？」

急いで出てきたおちさがたずねた。

「いや、ちょうどいま出てきたところで」

竜之進が白い歯を見せた。

本当は少し待ったのだが、そう答えておいた。

湯屋を出た二人は、いつも同じところに出ている蕎麦を食した。いい鰹節を使っているらしく、風鈴蕎麦とは思えないほどつゆにこくがある。蕎麦もしっかりとこしが残っていて上々だ。

「ああ、おいしかった」

おちさが満足げに言った。

「見世びらきもうまくいったし、一日の締めにちょうどよかったね」

竜之進が笑みを浮かべた。

「へえ、見世びらきで」

屋台のあるじが言った。

「薬研堀でえん屋という三十八文見世を開いたんです」

少しでも引き札になろうかと、おちさが言った。

「どの品も円い縁起物で」

竜之進が和す。

「そりゃあいいね。いずれ寄ってみるよ」

気のいい蕎麦屋が愛想よく答えた。

家路につくころは、もうだいぶ暗くなっていた。

提灯に灯を入れ、竜之進が行く手を照らしながら進む。

「いい月ね」

おちさが夜空を指さした。

いくらか雲はかかっているが、いい色合いの月が出ていた。

「十五夜だからな」

竜之進は少し目を細くして月を見た。

「忘れられない月になるかも」

おちさが感慨深げに言った。

「そうだね。雲が……」

竜之進はそこで言葉を切った。

じっと夜空を見つめる。

「どうしたの？」

おちさが気づいてたずねた。

「気が……」

竜之進は短く答えた。

「気が？」

おちさが問い返す。

「帰ったら、卦を立てなければ」

竜之進の表情が引き締まった。

第六章　二つの顔

一

「なるほど、おいらの出番ですな」

千之助が言った。

「今夜にでも行ってくれるか。竜之進からはそう言われた」

大河内同心が伝えた。

昨夜、月と雲の動きを見て「気」を感じた竜之進は、長屋に戻って卦を立てた。

このたびは自重をうながす卦ではなかった。

動くべし。

卦はそう告げていた。

「承知で。さっそく動きまさ」

千之助が答えた。

ここでおみかが料理を運んできた。

「お待たせいたしました」

運ばれてきたのはところてんだ。

「おっ、ぎやまんの器だな」

千之助が驚いたように言った。

「そのほうが涼やかなので」

いくらか離れたところからおみねが言った。

「この器は厚手だから、もし落っことしても割れないそうです」

おみかが笑みを浮かべた。

「とはいえ、緊張するだろう」

大河内同心が言った。

「ええ。ほかの器よりは」

おみかは包み隠さず答えた。

千之助と大河内同心はさっそくところてんを賞味した。

「三杯酢がいい塩梅でうまいな」

千之助が白い歯を見せた。

「夏はいいですよね」

今日は二幕目も手伝っているおみかが言う。

「冷やし汁粉とかもいいけどよ。もちろん、冷たい麦湯と団子とか」

と、千之助。

「わあ、おいしそう」

おみかが声をあげた。

「なら、つとめが終わったら行こうぜ。いい見世を知ってるから」

千之助が水を向けた。

「ええ、それはぜひ」

おみかはすぐさま答えた。

「しっかりつとめを終えてからだぜ」

大河内同心がクギを刺す。

「分かってまさ。お任せくだせえ」

千之助はそう言うと、ところてんをずずっと音を立てて啜った。

二

夜鳥の鳴き声が響いてくる。

闇は深い。

さる場所の天井裏に忍びこんだ千之助は、じっと目を凝らした。

節穴から、かすかな光が漏れていた。

下に人がいる。

やがて、話し声が聞こえてきた。

「晦日《みそか》の市は盛況になりそうですな」

男が言う。

「あまり盛況になりすぎて、目をつけられたりしたら困るがな」

べつの男の声が響いた。

「そのあたりは痛し痒しですな、和尚様」

弟子の僧とおぼしい男がそう呼んだ。

「表と裏の使い分けにも気を遣わねばならない」

和尚と呼ばれた男が言った。

「さようですね」

弟子の声が響く。

「表のほうは、何も知らぬ有徳の者が来たりするゆえ」

住職が言った。

「それはそれで良いではありませぬか」

と、弟子。

「たしかに。もうけにはならぬゆえ」

住職が言った。

「裏のほうは、はるかにもうかりますがね」

笑いを含む声が響いてきた。

「大店のあるじばかりでなく、大身のお旗本、果ては大名まで常連だからな」

住職が自慢げに答えた。

「罪深いことで」

弟子が言った。

「なんの。菩薩如来がご本尊の寺だからな。よもや仏罰は当たるまい」

住職は一笑に付した。

江戸じゅうに名がとどろいている寺だ。

恵まれないわらべに里親を斡旋する徳の高い寺として知られている。

ここは駒込村の永楽寺、住職は天楽和尚だった。

三

わらべが泣いている。

どうやら蔵のようなところに幽閉されているようだが、悲痛な泣き声は千之助の耳にも届いた。

恵まれないわらべの里親を探す有徳の寺。

そんな評判はつくられたものにすぎなかった。

たしかに、そういう表の顔はある。寺と住職を頭から信じて、里親に名乗り出る者もいた。

だが……。

永楽寺と天楽和尚には裏の顔があった。

表の顔が「天楽」なら、裏の顔は「転落」だ。

わけあって産みの親が育てられないわらべを引き取り、里親に託す。その仲介役を果たしているのが表の顔だが、裏の顔は世にもおぞましいものだった。

わらべのなかには、ほうぼうからさらってきた者もいた。寺には用心棒やならず者がいくたりも寄宿している。そういった者たちは、折にふれて人さらいをやらかしていた。

わらべが泣いている。親から引き離された哀れな者が暗い寺で泣いている。

待ってろ。

そのうち、救い出してやるからな。

もうちょっとの辛抱だ。

千之助はぐっと気を集めた。

そして、また天井の節穴をのぞいた。

四

いつのまにか人が増えていた。

用心棒らしき男もいる。

「晦日の市では頼みますぞ、先生」

天楽和尚が言った。

「おう。泣きわめくわらべらを張り飛ばして黙らせてやるわ」

用心棒の野太い声が響いた。

「わらべらが悲惨な目に遭うのはそれからで」

弟子の僧が言う。

「金で買ったわらべだからな。あとは煮ようが焼こうがお好きなように」

永楽寺の住職が笑みを浮かべた。

晦日の市には大店のあるじや大身の旗本などがお忍びでやってくる。品定めを終えたわらべに馬鹿にならない額の金子《きんす》を払う。

その金をありがたく受け取るまでが寺のつとめだ。

あとは知らない。わらべにどのような苛酷なさだめが待ち受けているか、知る由もない。

こうしてゆくえ知れずになったわらべの数はかぎりなかった。

「罪つくりなことだのう」

用心棒の一人が言った。

「袈裟をまとった悪党だな」

もう一人が和す。

「滅相もない」

天楽和尚が声をあげた。

「表のほうでは、良き里子を斡旋していただきありがたいかぎりだと、お布施を弾んでくれる者もたくさんおりますよ」

永楽寺の住職が言った。

「つまるところは、金ではないか」

と、用心棒。

「はは、図星で」

天楽和尚が笑った。

五

食わせ者め……。

天井裏で千之助は唇を噛んだ。

用心棒たちはだんだん酒が回ってきたらしく、下卑《げび》た話を始めた。

聞くに堪えないから、千之助は忍び足でまた動きはじめた。

忍びの末裔らしくふところには手裏剣を忍ばせているが、ここはまだ使うところではない。

その後はできるかぎりの探索を行った。

囚われているわらべは、おおよそ十数人と思われた。市が催され、頭数が足りなくなれば、またどこぞの村でさらってきて補充するのだろう。おぞましいことだ。

待ってな。

御用組は百人力だからよ。


顔の見えないわらべたちに向かって、千之助は語りかけた。

忍び仕事を終えて外に出ると、月あかりが目に痛いほどだった。

そのなかに、永楽寺の甍《いらか》が浮かびあがった。

ありがたい里親さがしの寺の面をかぶり、悪事に手を染めている外道の寺だ。

「いまに見てろ」

千之助は声に出して言った。

「おめえらみてえな悪党は、御用組が許しゃしねえからな」

忍びの血を引く男は吐き捨てるように言った。

そして、深い闇にまぎれていった。

六

「よくやった。これで網を張れる」

海津与力が満足げに言った。

「聞いていて胸が悪くなりそうでしたぜ」

千之助が顔をしかめた。

翌日のわん屋の二幕目だ。えん屋が見世びらきをして間もない竜之進の姿はないが、大河内同心はいる。

「一網打尽にしてやらねばな」

大河内同心が左の手のひらに右の拳を打ちつけた。

「町方と火付盗賊改方のほうの段取りを整え、当夜は十重二十重の捕り網を張ってやろう」

御用組のかしらが腕を撫《ぶ》した。

「火盗改方は寺方にも踏みこめますからね」

大河内同心が言う。

「悪党どもと客を一人残らず捕まえねえと」

千之助がそう言って、一丁豆腐に箸を伸ばした。

わん屋の夏らしい肴の一つだ。

ぎやまんの円皿に豆腐が一丁据えられている。葱や茗荷《みょうが》や生姜などの薬味をたっぷり載せ、追いがつおの風味豊かなつゆをかけ、少しずつ崩しながら味わう。

筋のいい豆腐だから、ことのほかうまい。

「そのあとは、囚われの者の解放だな」

海津与力がそう言って、座敷のほうを見た。

「よし、打ってこい」

鍛錬館の道場主の柿崎隼人が竹刀を構えた。

「おう」

掛け声を発して小さな竹刀を振り下ろしたのは、わん屋の跡取り息子の円造だった。

ぱあーん、と音が響く。

「前より良くなったぞ」

柿崎隼人が笑みを浮かべた。

「もう一度」

門人がうながす。

「しっかり」

おみねが声援を送った。

「えいっ」

小さなわらべが懸命に竹刀を振るった。

「見てるだけで笑いがこぼれてくるな」

あぶった干物を肴に呑んでいた大工衆が笑みを浮かべた。

「わらべは宝だ」

「おう、ゆくゆくは剣豪だぞ」

柿崎隼人が白い歯を見せた。

「みな斬られてしまいます」

弟子も言う。

「ああいうわらべをさらって、売り飛ばしているのだからな」

海津与力が眉根を寄せた。

「言語道断の悪党で」

大河内同心が語気を強めた。

「救い出したわらべの身元を調べて、ちゃんと親元へ返してやらなきゃ」

千之助はそう言うと、また豆腐を口中に投じた。

「わらべが親元を憶《おぼ》えているかどうか分からねえが」

大河内同心も続く。

「なるほど、そのとおりだな」

海津与力が冷や酒をくいと呑み干す。

「あっ、でも」

千之助がやにわに両手を打ち合わせた。

「何か思い当たったか」

大河内同心が問う。

「わらべが憶えていなくても、われらには易者がいまさ」

千之助が笑みを浮かべた。

「いるな」

御用組のかしらが渋く笑う。

「そうか。身元が分からねえわらべは竜之進に任せればいいわけか」

大河内同心がうなずいた。

「まあしかし、悪党退治が先で」

千之助は箸を軽く手裏剣のように動かした。

「それはそうだ。わらべを親元に返すのはそれからだな」

海津与力が言った。

「親御さんがどれだけ案じてるかと思うと、何とも言えませんや」

千之助があいまいな顔つきで言った。

「そのためにも、晦日は気を入れてかからねえと」

大河内同心の表情が引き締まった。

「竜之進にも伝えておいてくれ」

海津与力が千之助に言った。

「承知で」

忍びの血を引く者は、いい声を響かせた。

七

晦日の前日――。
薬研堀のえん屋の前にこんな貼り紙が出た。

みそかはお休みをいただきます
相すみません

戸締りを終え、橘町に戻った竜之進とおちさは湯屋へ向かった。

「あ、ちょっとお参りを」

おちさは小さなお地蔵様の前で足を止めた。

両手を合わせ、目を閉じる。


明日の捕り物がうまくいきますように。

竜之進さまが無事帰ってきますように。

そして……。


おちさはさらに願いごとを続けた。


囚われの身のわらべたちが、無事、親御さんのもとへ戻れますように。

身寄りのない子は、いい里親さんに恵まれますように。

願いごとは長くなった。

「何をお願いしていたんだ？」

竜之進が笑みを浮かべた。

「捕り物がうまくいきますようにと」

おちさはそう答えた。

「そうか」

竜之進がうなずいた。

「それから、わらべたちが幸せになるようにと」

おちさは少し笑みを浮かべた。

「そうだな。それが何よりだ」

竜之進が答えた。

胸が悪くなるかもしれないから永楽寺の悪行について事細かには伝えなかったが、わらべが寺に囚われていることはおちさに告げてあった。

「ともかく、ご無事で」

おちさが祈るように言った。

「ああ、分かっている」

竜之進が答えた。

湯屋からちょうど親子が出てくるところだった。

「蕎麦食って帰ろう、おとう」

わらべがせがむ。

「いつも蕎麦だな」

父親が苦笑いを浮かべた。

「だって、風呂上がりの蕎麦はうめえから」

わらべが上機嫌で言った。

「しょうがねえな。食って帰るか」

父親が言った。

「うんっ」

わらべは力強くうなずいた。

「じゃあ、わたしたちも」

おちさが小声で言った。

「いつもの屋台だな」

と、竜之進。

「ええ、いつもの」

おちさが笑みを浮かべる。

「いつもの暮らしが何よりだ。それを取り戻してやらないと」

竜之進の言葉に力がこもった。

八

湯につかりながら、竜之進は回想した。

永楽寺の僧が刷り物配りをしているときから、竜之進は怪しい気を察知していた。

刷り物を入念に読むと、その気はさらに強くなった。

「おまえさまは食べないの？」

竜之進のほうを見て、おちさがややいぶかしげに問うた。

「あ、いや、食べるよ」

寺の刷り物をあらためていた竜之進は、我に返ったような顔つきになった。

「その刷り物が何か？」

千之助も問う。

「いや、つい読みふけっていただけで」

竜之進は笑ってごまかした。


そんなひと幕があった。

あのとき、竜之進はすでに里親さがしの寺のうさん臭さに気づいていた。

天楽和尚と弟子の僧がわん市に来たときもそうだった。

福相の僧が笑みを浮かべた。

そんな調子で、永楽寺の僧たちはわん市の品をひとわたりあらため、いくつかの買い物をして上機嫌で去っていった。

そのさまを、竜之進はときおりじっと見つめていた。

そのまなざしは、正体を見極めようとするものだった。

永楽寺と天楽和尚の正体は、千之助の忍び仕事で明らかになった。捕り物にふさわしい卦も出た。

あとは、明日の晦日に悪党どもを退治し、わらべたちを救い出すばかりだ。

ぱん、と一つ、竜之進はよく張った太腿をたたいた。

そして、湯から上がった。


「待った?」

いつものように、おちさが問うた。

「いや、出たばかりだ」

これまたいつものように、竜之進が答えた。

「じゃあ、屋台へ行きましょう」

おちさがうながす。

「ああ、そうしよう」

竜之進は白い歯を見せた。

今夜もいい月が出ていた。

あの月は、駒込村の永楽寺も照らしているだろう。

そう思うと、身が引き締まるような心地がした。

第七章　晦日の捕り物

一

日が少しずつ西に傾いてきた。
不吉な鳥影はだんだんに数を増していった。
鴉《からす》が舞っている。
晦日の駒込村の永楽寺だ。
菩薩如来が見守る本堂に、いくつも人影があった。
その大半はわらべだった。
ただし、今日は泣いてはいなかった。
泣くなと言われていたからだ。
「いいか、おまえら」

弟子の僧が言った。

「泣きわめくんじゃないぞ。おとなしくしていれば、いい旦那に見初められて、結構な暮らしができるんだ。分かったか」

返事はなかった。

みな懸命に涙をこらえていた。

同じころ――。

奥の部屋では、住職の天楽和尚が経を唱えていた。

両手を合わせて祈る。

ただし、わらべの幸いを祈ったりはしなかった。

晦日の市の成功と、おのれがもうかることばかり念じていた。

ややあって、弟子の一人があわただしく入ってきた。

「ご住職、越後屋《えちごや》さんが見えました」

弟子は口早に告げた。

「皮切りの客だな」

天楽和尚がにやりと笑った。

「これから続々と」

弟子の僧が笑みを返す。

「失礼のないようにな」

住職は表情を引き締めた。

「はい」

弟子の僧が短く答えた。

二

越後屋のあるじは信右衛門《しんえもん》だった。

京橋の呉服問屋の越後屋といえば、江戸でも指折りの大店だ。名になぞらえた「信なくば立たず」を信条とし、良い品をあきなうことで定評がある。

押しも押されもせぬ名店で、あるじも切れ者として知られている。一点の曇りもなさそうな越後屋だが、ただ一つだけ泣きどころがあった。

信右衛門の性癖だ。

小さいわらべ、ことに男の子をなぐさみ者にしているとき、越後屋のあるじは無上の喜びを覚えるのだった。

幸か不幸か、信右衛門にはおのれの意のままになる身代があった。それに、わらべを調達してくれる助っ人のような者がいた。

永楽寺の天楽和尚だ。

越後屋の離れの蔵からは、しばしば啜り泣きの声が聞こえてきた。

それは空耳ではなかった。

暮夜、越後屋から永楽寺へ向けて、ひそかに柩《ひつぎ》が運び出されることがあった。

その柩は、どれもいやに小さかった。


「ようこそお越しで」

天楽和尚はしたたるような笑みを浮かべた。

「上物がそろっていると聞きましたが」

越後屋も笑みを返す。

「また遠方から調達してまいりましたので」

永楽寺の住職が言った。

「ならば、さっそく品定めを」

裏の顔を持つあきんどが乗り気で言った。

ここで手下の僧が姿を現した。

「鳩本《はともと》さまがまいられました」

「お通ししろ」

天楽和尚が身ぶりをまじえた。

ほどなく、上背のある偉丈夫が姿を現した。

ただし、その姿はつねならぬものだった。

鳩本と呼ばれた男は、銀色の面をかぶっていた。

三

鳩本、すなわち旗本という謎かけだ。

その正体は大身の旗本だった。顔を見られたくないゆえ、永楽寺の市に来るときは必ず銀色の面をかぶっている。

「相済みません。お先にうかがいました」

越後屋のあるじが頭を下げた。

「かまわぬ」

銀色の面の旗本が尊大な口調で言った。

「好きな丸太をお持ちくださいまし」

天楽和尚がわらべたちを手で示した。

「斬り甲斐のある丸太が良いのう」

鳩本と名乗る男が言った。

同じなぐさみ者にするのでも、越後屋と鳩本とでは違う。

大身の旗本はわらべを屋敷に連れて帰ると、気が乗ったときに試し斬りの丸太にしてしまうのだ。

「知らせていただければ、拙僧がねんごろに弔いますので」

永楽寺の住職が両手を合わせた。

「おう、頼む」

銀色の面が答えた。

人を人とも思わぬ男だ。大身の旗本であることを鼻にかけ、ほうぼうで尊大なふるまいをしているから、すこぶる評判が悪い。

あまつさえ、わらべの丸太斬りなどという言語道断の悪行を繰り返している。天罰が当たらないのがいぶかしいほどの悪党だった。

ほどなく、また若い僧があわただしく入ってきた。

「殿が見えました」

息せき切って告げる。

「これで役者がそろいましたな」

越後屋のあるじが笑みを浮かべた。

「殿を差し置いて、わらべを選ぶわけにもいかぬな」

鳩本が唇をゆがめた。

ややあって、「殿」が姿を現した。

ただし、その姿はいささか面妖だった。

お忍びの藩主は、顔を白く塗り、女の着物をまとっていた。

四

「うちゃ、この市が楽しみでのう、ほほほ」

お忍びの藩主が扇子を口に当てた。

おのれのことを「うち」と呼ぶ。眉を剃り落とした白塗りの顔は、武家というより公家にしか見えなかった。

陰謀を巡らせるのを好む、腹が真っ黒な公家だ。

「恐れ入ります」

住職が頭を下げた。

「まずは殿から」

銀色の面が身ぶりをまじえた。

「すまんのう」

お忍びの藩主は脳天から抜けるような声を発した。

「残り物には福がございますから」

越後屋のあるじが、もみ手をしながら言った。

「ほほほほ」

扇子で口を覆い、また公家のように笑う。

大和敷紙《やまとしきがみ》藩主、阿曾《あそ》伊豆守《いずのかみ》時虎《ときとら》だ。大和の小藩ながら、家系はなかなかのもので、藩主はつねに鼻にかけていた。

晦日の市に最後に現れた男も、わらべをいたぶることに無上の喜びを覚える悪党だった。

ただし、越後屋と鳩本とはやり方が違った。

大和敷紙藩主は、藩邸へ連れ帰ったわらべを折にふれて言葉でねちねちとなぶるのだ。

聞くに堪えない言葉を浴びつづけたわらべのなかには、長ずるに及んで気がふれたり、自ら舌を噛んで死んだりした者もいた。これまた言語道断の悪党だ。

「では、市を始めましょう」

天楽和尚が言った。

おのれのさだめを察したのか、わらべが一人泣きだした。

それにつられて、ほかのわらべも泣きだす。

「黙れ。丸太にして斬ってやるぞ」

鳩本が刀の柄《つか》に手をかけた。

「まあまあ、ここでは」

和尚がなだめる。

「お持ち帰りのあとに」

弟子の僧も笑みを浮かべて言った。

「そうだな。……では、殿から」

銀色の面が手で示した。

「ならば、皮切りで。目移りがするのう、ほほほほ」

永楽寺の本堂に嫌な笑いが響いた。

五

千之助はおのれののどに手をやった。

思わず吐き気がこみあげてきたのだ。

忍びの末裔は、天井裏に身を忍ばせ、節穴から下の様子をうかがっていた。いままで救いようのない悪党をいくたりも見てきたが、いまこの晦日の市に集まった者たちほど吐き気を催す者たちはいなかった。むろん、そのなかには住職も含まれている。

捕り網は粛々と張られていた。

御用組が先導し、町方と火盗改方の精鋭を集めた一隊が、おぞましい寺をやんわりと取り囲んでいた。

あとは、いつ網を絞り、捕り物を始めるかだ。

その合図をする役が千之助だった。

そろそろ頃合いだな。

心の中で、千之助が言った。
下に目を凝らす。
一人のわらべが、火がついたように泣きだした。
お忍びの藩主が腕をつかんだのだ。

待ってろ。
いま助けてやるからな。

闇の中で、忍びの末裔が動いた。

六

「ん？　鳥か？」

天楽和尚が耳に手をやった。

「夜鳥でございましょう」

弟子が言った。

だが、そうではなかった。

闇を切り裂くように響いたのは、呼子だった。

吹いたのは千之助だ。

「合図です」

音が響くのを察知していたかのように、竜之進が言った。

「よし、出番だな」

海津与力の声に力がこもった。

「捕り方、出動！」

大河内同心が身ぶりをまじえた。

「おう」

「御用だ」

威勢のいい声が返ってきた。

「囚われの者を一人残らず救え」

海津与力が命じた。

「はっ」

「承知で」

捕り方が小気味よく動く。

「生け捕りにこだわらずともよい、抗う者は斬って捨てよ」

御用組のかしらが言った。

「はい」

真っ先に竜之進が答えた。

「わらべの命がかかっている。気を入れていけ」

海津与力が二の腕をたたく。

「はっ」

竜之進は引き締まった顔つきで答えた。

七

「うぬは斬り甲斐がありそうだ。連れて行け」

銀色の面が言った。

「はっ」

旗本の家臣が動いた。

お忍びとはいえ、むろん一人では来ていない。藩主も越後屋も手下を連れていた。

寺の境内では、何挺もの駕籠が待機していた。晦日の市に来た者が乗るためだけではない。金で買ったわらべに猿轡《さるぐつわ》を嚙ませて連れ帰るための駕籠もある。

駕籠屋には馬鹿にならない手間賃をはずんでいた。口止めを兼ねてのものだ。

「よし、来い」

家臣がわらべの腕をつかんだ。

「いやっ」

わらべは必死に抗った。

「言うことを聞け」

用心棒の一人が前へ進み出た。

「ここで死ぬことになるぞ」

もう一人の用心棒が凄む。

永楽寺では二人の用心棒を飼っていた。どちらもひと目見たら忘れられないような悪相の男だ。

「うちゃ、このわらべが気に入ったのう」

お忍びの藩主が女のわらべを指さした。

「さすが、お目が高《たこ》うございますな」

住職がお追従を言う。

「ほほほ、この先存分になぶってやるわ」

大和敷紙藩主がまた扇子を口に当てた。

女のわらべがいやいやをする。

「食うものに着るもの、不足のない暮らしをさせてやるからの。ほほほほ」

阿曾伊豆守は、また脳天から抜けるような笑い声を発した。

「残り物に福がありましたな」

越後屋のあるじが満面の笑みで言った。

ほおの赤い男のわらべの肩を番頭がつかんでいる。

もう逃《のが》れられない。

「いずれはまた当寺へ」

天楽和尚がにやりと笑った。

「むくろになってですな。まあそれまで、せいぜいかわいがってやりましょう」

越後屋のあるじが平然とうそぶいた。

だが、そのとき……。

外が急に騒がしくなった。

「捕り方だっ」

声があがる。

待機していた駕籠屋だ。

「捕り方だと？」

用心棒が色めき立った。

ばっ、と障子が開く。

「御用だ」

「御用！」

寺の庭で御用提灯が揺れた。

八

「われこそは影の御用組与力、海津力三郎なり」

凛《りん》とした声が響いた。

「里親さがしの永楽寺のおぞましき素顔は、われらがお見通しなり。悪しき顧客ともども、その運命は尽きたと知れ」

御用組のかしらが言い放った。

「小癪な」

天楽和尚の顔がゆがんだ。

「先生方、やっちまってください」

住職は剣を振り下ろす身ぶりをした。

「おう」

一人目の用心棒が抜刀した。

やにわに剣先で本堂の床をたたく。

「われこそは天舞流《てんまいりゅう》元祖、樒大龍《しきみだいりゅう》なり。わが剣を受けてみよ。とりゃっ、とりゃっ」

用心棒はさらに床をたたいた。

「旦那、罠でさ」

いくらか離れたところで、わらべたちを救いはじめた千之助が言った。

海津与力も気づいた。

「はりゃっ、はりゃっ」

敵が床をたたくのは目くらましだった。

「とりゃっ！」

大声を発すると、天舞流の元祖は床を蹴って宙に舞い上がった。

相手の目を下へと充分に引きつけてから、やにわに宙に舞う。

そして、間髪を容れずに天から斬り下ろす。

それが天舞流の極意だ。

しかし……。

海津与力は見切っていた。

間合いを詰め、下から斬り上げる。

一撃必殺の剣だ。

「うぐっ」

用心棒は声を発した。

その肺腑を、海津与力の剣は物の見事に斬り裂いていた。

もふっ、と血を吐きながら、用心棒は地に降り立った。

そして、そのまま前のめりに斃《たお》れた。

九

「何してるんや。早《はよ》う成敗せんかい」

お忍びの藩主がいらだたしげに言った。

「はっ」

もう一人の用心棒が前へ進み出た。

両肩が盛り上がった偉丈夫だ。

「われこそは、乾坤一擲流《けんこんいってきりゅう》、鷲津一刀《わしづいっとう》なり。わが必殺の剣を受けてみよ」

用心棒が大上段に構えた。
「おう」
相対するのは、大河内同心だった。
その様子が、竜之進の視野に入った。
銀色の面の手下を倒し、わらべを救いはじめたところだ。
いけない、と竜之進は思った。
易者ならではの勘が働いたのだ。
大河内同心にも剣術の腕はある。尋常な敵なら、決して引けを取るものではない。
だが……。
この敵は剣呑だ。
彼我の力の差を、竜之進は瞬時に察した。
そこからの動きは素早かった。
鷲津一刀がいままさに必殺の剣を振り下ろそうとした刹那、竜之進の右手が一閃した。
「ぐわっ」

用心棒が叫んだ。

先のとがった笠竹は、過たず用心棒の右目に突き刺さっていた。

いまだ。

大河内同心が踏みこんだ。

生け捕りにせねばならない悪党ではない。

御用組の同心は、容赦なく剣を振るった。

袈裟懸けに斬る。

手ごたえがあった。

二人目の用心棒も、血をほとばしらせて死んだ。

十

「人質を」

越後屋のあるじが叫んだ。

「はっ」

手代がすぐさま動き、わらべに刃物を突きつけた。

たちまち顔じゅうを口にして泣きだす。

「下手に動いたら、わらべが命を落とすよ」

越後屋の信右衛門が必死の形相で言った。

海津与力が目配せをした。

その相手は千之助だ。

次の刹那――。

またしても必殺の手裏剣が放たれた。

「ぐっ」

眉間に受けた手代がのけぞる。

「こっちへ」

竜之進がすかさずわらべを助けた。

「捕り方！」

海津与力が声を発した。

「御用だ」

「御用！」

捕り方がわらわらと越後屋に群がる。

抗うすべはなかった。

越後屋信右衛門は捕縛された。

大店のあるじの悪行は、のちにかわら版でさんざん書き立てられた。

それを読んだ江戸の民はこぞって眉をひそめた。

栄華を極めた呉服問屋の越後屋は、あえなくつぶれた。

わらべたちをなぶりものにしていたあるじの信右衛門は、問答無用で死罪になった。

十一

「大身の旗本に手を出せるか、愚か者め」

銀色の面の男が語気を強めた。

「出せる」

御用組のかしらがすぐさま答えた。

「旗本がどうしたんでい。御用組はどんな悪も許しゃしねえんだよ」

千之助がそう言い放った。

「面を脱いで、素顔を見せてみやがれ」

大河内同心も語気を強める。

「町方風情が、後悔するぞ」

鳩本と名乗っていた男は、そう言うなり初めて面を脱いだ。

目が炯々《けいけい》とした悪相が現れる。

「われこそは新堂兵衛《しんどうひょうえ》。清和源氏に連なる名家にして……」

「そんなものはどうでもいい」

海津与力が鋭くさえぎった。

「裁かれるべき悪人に、家柄も石高も関わりはない。おのれの悪事の代償として、天に代わりて裁かれる。ただそれだけだ」

御用組のかしらはそう言って剣をかざした。

「言うな」

新堂兵衛も抜刀した。

やにわに斬りかかってくる。

「ぬんっ」

海津与力は正しく受けた。

おのれの力を無駄に恃《たの》む、醜い剣だった。
御用組のかしらの敵ではない。
「死ねっ」
新堂兵衛はさらに斬りかかってきた。
いくたりものわらべを丸太に見立て、試し斬りをしてきた非道の剣だ。
「死ぬのは、うぬだ。許しはせぬ」
海津与力はそう言うと、鋭く踏みこんだ。
翔《と》ぶがごとくに踏みこんだ剣は、悪逆非道の旗本の額を一撃でたたき割った。
悲鳴すら放たれなかった。
このおれが死ぬのか……。
そんな驚きの色が新堂兵衛の顔に浮かんでいた。
だが、それも長くは続かなかった。
銀色の面をかぶって永楽寺に現れた男は、醜い素顔をさらして死んだ。

十二

「ろ、狼藉者や」

お忍びの藩主が抜けるような声を発した。

「うちゃ、大和敷紙藩主、阿曾伊豆守時虎やで。頭《ず》が高い！」

一人だけ残された大名は、割れるような声を発した。

「おのれの悪行の始末はしていただきましょう、殿」

海津与力が言った。

「始末って何や。そなたらにうちを斬ったりできるんか」

阿曾伊豆守が問うた。

「できる」

海津与力が口調を改めた。

「本来なら、腹を切っていただきたいところですが」

周囲を見ながら、御用組のかしらが言った。

ほかの手下は竜之進と千之助が次々に退治し、捕り方に引き渡していた。残りはもう少しだ。

「うちゃ、痛いのはかなん」

お忍びの藩主は首を横に振った。

「ならば、代わりに斬ってやろう」

御用組のかしらが剣をかざした。

「なんでや。うちゃわらべを言葉で責めてただけやで。ほかの二人とちゃうで。何にもしてへんやないか」

半ば涙声で、大和敷紙藩主が言った。

「言葉も剣になる」

海津与力が言った。

「うぬは言葉の剣でわらべたちを殺《あや》めてきた。その人生を台無しにしてきた。その罪、万死に値する」

御用組のかしらの声に力がこもった。

白塗りの顔がまだらになっていた。涙と鼻水でもうぐしゃぐしゃだ。

「うちゃ、隠居する」

阿曾伊豆守は唐突に言った。

「それでええやろ？　罪は帳消しや」

大和敷紙藩主は平然と言った。

「帳消しだと？」

海津与力の表情が変わった。

「そや、悪いことをしたさかいに、隠居したる」

お忍びの藩主は言った。

「おまえのせいで死んでいった者、心を壊されてしまった者は、それでは浮かばれぬ。そもそも、また同じことを繰り返すだろうからな」

御用組のかしらは間合いを詰めた。

もう何も言わせなかった。

「向こうでわびよ」

そう言うなり、海津与力は剣を一閃させた。

怒りの剣が大和敷紙藩主の首を刎《は》ねる。

まだらになった白塗りの顔に血が飛び散った。

十三

悪党はまだ一人だけ残っていた。

住職の天楽和尚だ。

姿が見えないから逃げたのかと思ったが、そうではなかった。

「奥の部屋です」

竜之進が気づいて言った。

「逃がすな」

海津与力が命じた。

「はい」

短く答えると、竜之進は怪しい気配が漂う場所へ向かった。

漂っていたのは気だけではなかった。

護摩を焚く臭いもした。

大いなるものよ

われに力を与えよ
ないあら、よぐ、でいごん……

住職は一心に呪文を唱えていた。
その背に、ありえざるものが見えた。
目だ。
袈裟の背に、大きな一つ目が張りついている。
見るな。
竜之進はとっさにそう思った。
間一髪だった。
天楽和尚がかけようとしていたのは、幻術だった。
非勢を幻術で一気に挽回しようとしたのだ。
まぼろしの目を見てはいけない。
その目が瞬きをするのを見てしまったら、もう終わりだ。
敵の意のままになってしまう。
易者でもある若き剣士は、即座にそう悟った。

大いなるものよ、目覚めよ
われにつねならぬ力を与えよ
ないあら、よぐ、でいごん……

護摩壇の炎が強くなった。
いまだ、と竜之進は思った。
ぐっと気を集める。
手に笠竹を握った。
瞬きを見てはならないまぼろしの目。
その中心に向かって、竜之進はたましいのこもった笠竹を放った。
「うぎゃあああああああっ！」
恐ろしい悲鳴が放たれた。
護摩壇の炎が、ぱっと虚空に舞い上がった。
和尚の袈裟に燃え移る。
永楽寺の住職の姿は、たちまち炎に包まれて見えなくなった。

第八章　茶見世の縁

一

えん屋の前にまた貼り紙が出た。

あるじは三日ほどお休みをいただきます
見世はやつてをります
えん屋

「おや、具合でも悪いのかい？」
新たな品を補充しがてら、手代の巳之吉とともにやってきた大黒屋の隠居がたずねた。

「いえ、そういうわけではないんですけど、御用組のほうのおつとめで」

おちさが答えた。

「ああ、そうかい。なら、よかった。どんなおつとめだい？」

七兵衛はさらにたずねた。

「それはちょっと」

おちさは笑みを浮かべた。

「はは、口が固いね」

隠居が笑みを返す。

「そのうち、かわら版になるかもしれないので」

おちさは思わせぶりなことを言った。

「なら、手柄を立てたんだね」

七兵衛がそう察して言った。

「おめでたく存じます」

巳之吉が早々と言う。

「いえいえ、まだ後始末が大変だという話で」

おちさはそう答えた。

「何にせよ、いい話みたいでよかったね」

隠居が温顔で言った。

二

竜之進は永楽寺に詰めていた。

ほかの役人たちと千之助もいる。そのうち、大河内同心も顔を出した。

悪人どもが一掃され、わらべたちは囚われの身ではなくなった。

しかし、それで終わりではなかった。身元が分かっている者は親元へ帰さねばならない。また、身寄りのないわらべはしかるべきところに預けて、里親をさがさねばならない。やるべきことはいろいろ残っていた。

さらわれた村を憶えているわらべは、役人が責任を持って送り届けることになった。厄介なのは、あいまいな記憶しかない者だ。そこで易者の出番になる。

竜之進は卦を立て、ぐっと気を集めてわらべの来歴を探った。千之助にもつねならぬ力があるし、地勢にもくわしい。その結果、多くのわらべの身元が判明した。

「達者で暮らせ。もう怖いことはないからな」

役人に付き添われて郷里《くに》へ帰るわらべに向かって、大河内同心が言った。

「これからは、いいことばっかりだぜ」

千之助が白い歯を見せる。

「もう大丈夫だから、家族水入らずで暮らしなさい」

竜之進があたたかい声をかけた。

「うん」

わらべは力強くうなずいた。

残るは、身寄りのないわらべだ。

大河内同心が海津与力と相談し、永楽寺とは天と地ほどの違いがある寺をさがしてきた。

里親さがしを派手に喧伝《けんでん》しているわけではないが、斡旋に実績のある有徳の寺だ。

身寄りのないわらべたちは、みなその寺に預けられた。

長い時がかかるかもしれないが、苦しい時を過ごした者たちにはやがては幸いが訪れるだろう。

これにて一件落着だ。

三

打ち上げは、もちろんわん屋だった。

「まあ何にせよ、一件落着だな」

海津与力が渋く笑った。

「かしらは大活躍で」

大河内同心が酒をつぐ。

「いや、捕り方の手柄ゆえ」

御用組のかしらはそう言うと、ぎやまんの円い盃の冷や酒をくいと呑み干した。

「こちらは麦湯です」

おみかが千之助に美濃屋の湯呑みを運んできた。

「おお、ありがとよ」

千之助が白い歯を見せた。

「おめえも働きだったな」

海津与力が労をねぎらう。

「天井裏で聞きたくねえことを聞いてたんで、悪党どもが成敗されたときにはすっとしましたよ」

千之助が言った。

「天井裏で？」

聞きつけたおみかがいぶかしげな顔つきになった。

「こやつは忍びの裔《すえ》だから」

大河内同心が手で示した。

「忍者なんですか？」

おみかが目をまるくした。

「まずおいらが忍び仕事をして、捕り物につなげるわけだ」

千之助が自慢げに言った。

「それはそれは、ご苦労さまでございます」

おみかは頭を下げた。

ここで揚げ蕎麦が出た。

揚げた蕎麦に塩を振って食す。ただそれだけだが、これがまたびっくりするほどうまい。酒にも合う。

「易者でもある竜之進もそうだが、御用組は一騎当千ゆえ」

かしらの海津与力がそう言って、さっそく揚げ蕎麦を口中に投じた。

「おいらはたまに手裏剣を投げるだけだがよ」

千之助が身ぶりをまじえた。

「あんまり危ないことはしないでくださいね」

おみかが情のこもったまなざしで言った。

「ああ、無駄に危ねえことはしねえさ」

千之助は笑みを浮かべた。

「わらべの身元調べでも大車輪だったな」

海津与力が竜之進に酒をついだ。

「一人でも多く、身元をたしかにしたかったので、ずいぶん力を使いました」

竜之進はやや疲れた顔つきでこめかみに指をやった。

「おかげで、多くのわらべが救われた。本物の里親さがしの寺も見つかったから、まずは上々吉だ」

御用組のかしらがそう言って、ぱりっと揚げ蕎麦を嚙んだ。

ほどなく、また揚げものが運ばれてきた。

「これで精をつけてくださいまし」

おみねが皿を置いた。

「ほう、穴子か」

海津与力がのぞきこむ。

「筏《いかだ》みてえな盛り方だな」

大河内同心が言った。

「うちでは一本揚げができませんので」

わん屋のおかみが笑みを浮かべた。

「それで、ざくざく切って、円い皿に筏みてえな盛り方に」

千之助がうなずく。

「天つゆと薬味でございます」

おみかが盆を運んできた。

天つゆの椀はもちろん、大根おろしやおろし生姜や小口切りの葱などを盛った皿もみな円い。

「よし、揚げたてを食え。精がつくぞ、竜之進」

海津与力が身ぶりをまじえた。

「はい」

易者でもある若き武家がさっそく箸を動かした。

天つゆにつけた穴子の天麩羅をさくっと嚙む。

少し遅れて、竜之進の顔に笑みが浮かんだ。

四

「さあさ、買ったり、かわら版」

ひと目見たら忘れられない異貌の男が刷り物をかざした。

蔵臼錦之助だ。

「里親さがしとは偽りの看板、毎月晦日におぞましき市を催していた寺の悪事が明るみに出て、悪党どもはみな退治されたり。その寺の悪事とは……おっと、これを読みゃ、みな分かる。さあさ、買ったり買ったり！」

いつもの慣れた調子だ。

「そりゃ、買わなきゃな」

「一枚くんな」

手が次々に伸びた。

繁華な両国橋の西詰だ。かわら版は飛ぶように出てほどなく売り切れた。

その一枚が、薬研堀のえん屋に届けられた。

届けたのは、千之助だ。

「相変わらずの名調子ですぜ」

千之助はにやりと笑った。

こんな文面だった。

悪の巣窟、一掃さる

駒込村の永楽寺といへば、恵まれぬわらべを養ひ、里親を無償にて斡旋する有徳の寺として知られてゐをり。住職は天楽和尚、福相の住職への信頼は厚く、多くの檀家を得て栄えてゐをり。

さりながら、寺と和尚にはおぞましき裏の顔がありき。

晦日の晩、怪しき者たちが永楽寺を駕籠にて訪れり。大店のあるじ、大身の旗本、果てはお忍びの大名まで交じりてゐをり。

寺の本堂に集められしは、身寄りなきわらべたちなりき。なかには近在の村よりさらはれし哀れな者もゐをり。

さて、晦日の晩に開かれしは、わらべの市なりき。市の常連は、寺に馬鹿にならぬ額の金子を払ひ、わらべを買うてゐをり。

そのわらべは、養子にして慈しむにあらず。江戸に名の轟く呉服問屋、越後屋信右衛門は、男のわらべをなぶりものにするために市を訪れてゐたり。これまでにあまたのわらべが越後屋の毒牙にかかりて落命せり。おぞましきかな、哀れなるかな。

とくに名を秘すが、さる大身の旗本も、越後屋に負けず劣らずの鬼畜なり。銀色の仮面をかぶりて市を訪れし旗本は、金で買ひしわらべを屋敷へつれ帰り、折にふれて試し斬りの丸太にしてゐをり。何と言ふ悪行なるや。言はんかたなし。

いま一人、これまた名を秘すさる大名も、あまたのわらべに言葉にて責めを行つてきをり。憎むべき鬼畜どもなり。

さりながら、さしもの悪党どもにも年貢を納める時が来たり。

いかなる悪をも許さぬ影の御用組が町方、火盗改方とともに網を張り、悪党どもを一網打尽にしをり。

「ここにおまえさまも入っているわけね」

一緒にかわら版を読んでいたおちさが「影の御用組」を指さした。

「おいらも入ってますぜ」

千之助が小声で言った。

「それぞれの名までは出ていないけど」

と、おちさ。

「そりゃ、影の御用組なので」

千之助は笑みを浮かべた。

「わりと長いな」

竜之進は、かわら版の続きに目を落とした。


永楽寺には用心棒も飼はれてゐをり。なかには面妖な剣術の遣ひ手もをりしが、御用組の精鋭の敵にはあらず。たちまちみな成敗されし。

御用、御用の声響くなか、悪運尽きし越後屋信右衛門は捕縛されし。

信なくば立たず、とはどの口が申すか。わらべをなぶりものにしてをりし悪党の運もこれまでなり。越後屋の身代は取りつぶし、当主は死罪となる見込みなり。これにて、毒牙にかかりしわらべたちもいくらかは浮かばれん。南無阿弥陀仏、南無阿弥陀仏。

大身の旗本、お忍びの藩主にも、影の御用組は慈悲を与えず。いづれも正義の剣にて成敗せり。両家はいづれ断絶とならん。

さて、最後に残りしは、悪の勧進元、永楽寺の天楽和尚なり。悪しき僧侶には仏罰が当たりしや、護摩壇の炎が袈裟に燃え移り、苦悶とともに絶命せり。天楽ならぬ、地獄への転落なり。

「蔵臼先生、このくだりは悦に入っておられましたな」

千之助が笑って言った。

「お顔が見えるかのようです」

おちさも笑みを浮かべる。

「かわら版も、いよいよ大詰めで」

竜之進が指さした。

さて、寺に残されしわらべの行く末が気がかりなり。

これについては、ありがたきことに、救ひの手が差し伸べられたり。根津《ねづ》の慈眼寺《じげんじ》は江戸でも五指に入る有徳の尼寺なり。身寄りなきわらべを引き取り、里親をさがすつとめを長年地道につとめてゐをり。

悪の永楽寺のごとく、刷り物配りなどはせず、ひたすら地道につとめを続けてきし信頼厚き尼寺なり。

可哀想なわらべたちは、みなこの尼寺へ移されたり。

向後は明るき道が待つやらん。恩寵《おんちょう》の光がふりそそぐならん。

わらべらの行く末に幸《さち》あれかし。


「本当にそうですね」

おちさが目元に指をやった。

「幸あれかしと祈りたいものだ」

竜之進もうなずく。

「そのうち、かしらが様子を見に行くと言ってましたぜ」

千之助が伝えた。

「なら、おまえさまも行ってみたら？」

おちさが水を向けた。

「そうだな。『明るき道』を歩む手助けをしてやらないと」

竜之進は情のこもった表情で答えた。

「明るいさだめが待ってりゃいいっすね」

千之助が白い歯を見せた。

五

その二日後——。

両国橋の西詰の茶見世に、千之助とおみかの姿があった。

今日のおみかは、わん屋の中食の手伝いだけだ。袋物づくりなどの習いごとは入っていない。

そこで、千之助と待ち合わせて冷やし汁粉を呑むことにした。同じ茶見世には前にも行って、ずいぶん話が弾んだものだ。

「お団子も食べたいわね」

ほかの客に運ばれてきた皿を見て、おみかが言った。

「そうだな。おいらはみたらしがいいや」

千之助がすぐさま言った。

「じゃあ、わたしは餡団子で」

おみかが笑顔で答えた。

ちょうどお運びの娘が通りかかった。

「すまねえな。みたらしと餡をひと皿ずつくんな」

千之助は告げた。

「みたらしと餡、ひと皿ずつですね。承知しました」

桜色の髪飾りの娘が笑みを浮かべた。

すでに冷やし汁粉は頼んである。井戸に下ろして存分に冷たくした茶見世の名物だ。

例のかわら版はわんわ屋でも話題になっていたから、おみかも目を通していた。

「尼寺に移ったわらべたちは元気にしているんでしょうか」

おみかは声を落としてたずねた。

「今度、海津の旦那らと一緒に見てくるんで」

千之助は答えた。

「幸せになってくれるといいけれど」

と、おみか。

「おみかちゃんは情があるな」

千之助が笑みを浮かべた。

「うーん……薄情なほうではないかも」

おみかは少し考えてから答えた。

「いや、情があるよ」

千之助がうなずいた。

「なら、そういうことで」

おみかのくりっとした目のなかであたたかい光が揺れた。

冷やし汁粉が来た。

「お待たせいたしました」

お運びの娘が椀を置く。

「わあ、おいしそう」

おみかが声をあげた。

「入ってるのは砕いたおかきかい?」

千之助が問う。

「はい、さようです。香ばしくておいしいです」

娘がすかさず答えた。

「そりゃ、うまそうだ。さっそく食おうぜ」

千之助がおみかに言った。

ほどなく、団子も来た。

千之助はみたらし、おみかは餡。どちらも三串で、四玉ずつになっている。

「ああ、よく冷えてる」

おみかが言った。

「おお、うめえ。夏はこれだな」

千之助が満足げに言う。

「千之助さんはお酒を吞まないから、ことにおいしく感じるのかも」

おみかが笑みを浮かべた。

「おみかちゃんだって、奈良漬でふらふらしちまうんだからよ」

千之助がそう言って、みたらし団子を口中に投じた。

「似た者同士かも」

おみかは餡団子を手に取った。

「おっ、甘さがちょうどいい」

と、千之助。

「なら、食べてみるね」

おみかが串を口にやった。

茶見世は葦簀《よしず》張りで、存外に奥行きがあった。なかにはわらべづれの客もいる。赤子の泣き声も響く。

人と人とが行き交う場所だ。そこで新たな縁が結ばれることもある。

「どうだい」

千之助が問うた。

「うん、甘さがちょうどいい」

餡団子を食したおみかが言った。

「そうだな。冷やし汁粉にも合う」

千之助がうなずいた。

「どちらも甘いものだから、冷たい麦湯でもいいかも」

と、おみか。

「ああ、たしかに。おみかちゃんの言うとおりだ」

千之助はそう言うと、次の串を手に取った。

「また来たいね」

おみかが笑みを浮かべた。

「そうだな。ほかにもいろいろあるぜ」

「たとえば？」

「蕎麦屋とか、ところてんとか……」

千之助が指を折りはじめた。

「寒くなったら、おでんとか、大福餅とか」

おみかも言う。

「楽しみだな」

千之助はみたらし団子を食べ終えた。

「江戸にはたくさんお見世があるから」

おみかの餡団子はあと一本残っている。

ここで近くの赤子が泣きだした。

「はいはい、よしよし」

若い母親があわててあやす。

「おとっつぁんもいるからな」

職人風の父親が言った。

「ほかのお客に迷惑だからね。よしよし」

おっかさんは焦り気味だ。

「なに、赤子は泣くのがつとめだから」

「気にしねえでくんな」

ほかの客が声をかけた。

「大変ね」

おみかは小声で言うと、最後の団子を口中に投じた。

「ああ、でも……」

千之助は残りの汁粉を呑み干すと、何かを思い切ったように続けた。

「あと何年もすりゃ、おいらもああなるかもしれねえな。おみかちゃんが赤子をあやしててよう」

忍びの血を引く男は、そこまで言ってふっと一つ息を吐いた。

「わたしが、赤子を？」

おみかは続けざまに瞬きをした。

「そうだよ。似た者同士で、こういうのはどうだい」

千之助はおのれの団子の串をつまんだ。

おみかが食べ終えた串の上に重ねる。

いくらか間があった。

赤子は泣きやんだらしい。若い母親は、ほっとした顔つきになった。

おみかはまた瞬きをした。

二本重なった団子の串を見る。

そして、顔を上げた。

その顔は赤く染まっていた。

「はい」

おみかはうなずいた。

「おいらでいいかい」

千之助はおのれの胸を指さした。

「不束者《ふつつかもの》ですが、よろしゅうお願いいたします」

おみかはそう言って頭を下げた。

第九章　幸つづき

一

「今日は雲一つねえな」

海津与力が空を見上げた。

「引き取られたわらべたちの行く末も、こうだといいのですが」

竜之進も同じ空を見る。

「まったくで」

千之助がうなずいた。

「峠を越えて、ここからはずっと楽な下りだろう」

大河内同心が笑みを浮かべた。

御用組の面々が歩いているのは根津の通りだ。これから永楽寺に囚われていた身寄りのないわらべたちの引き取り先に向かう。

尼寺の慈眼寺だ。

初めは御用組のかしらの海津与力だけが様子を見に行くことになっていたのだが、一人増え、また一人増え、結局、総出で訪れることになった。

いち早く千之助が走り、来訪することは伝えてある。尼寺は大いに歓迎ということだった。

「わらべが喜びそうな土産を持ってきたので」

千之助が包みをかざした。

「尼さんも好まれるだろう」

竜之進が穏やかな顔つきで言った。

「手土産はうめえ焼き菓子だ。みな大喜びだろう」

大河内同心が言った。

「おっ、あれだな」

海津与力が行く手を指さした。

さほど厳めしい構えではない。くぐりやすい門に板が掛けられている。

そこに記された文字は、こう読み取ることができた。

慈眼視衆生

二

「板に記されていた言葉はどう読むのでしょう」

出されたお茶を少し啜ってから、海津与力がたずねた。

持参した土産はすでに渡してある。松葉をかたどった香ばしい焼き菓子だ。

「『じげんししゅじょう』と読みます」

庵主《あんじゅ》の慈月尼《じげつに》が穏やかな表情で答えた。

歳は四十がらみで、瞳には慈愛の光が満ちている。

「どういう教えでしょう」

今度は竜之進がたずねた。

「観音経《かんのんぎょう》の普門品偈《ふもんぼんげ》の一節です。観音さまは、いつのときでも、慈愛に満ちたまなざしで生きとし生けるものを見ていてくださっています。ですから、安んじておのれの道を歩みなさいという教えです」

慈月尼はそう言って両手を合わせた。

「なるほど。ありがたい教えです」

竜之進はうなずいた。

「こちらに移ったわらべたちのその後は？」

大河内同心が問うた。

「初めのうちは泣く子もいましたが、だんだんに慣れてきてくれたようです」

慈月尼が言った。

「もう怖い思いをすることはねえから」

千之助が笑みを浮かべた。

「さようですね。これからはいいことばかりでしょう」

尼寺の庵主が笑みを浮かべた。

「里親さがしのほうはいかがでしょう」

御用組のかしらが問うた。

「ええ。そちらのほうも、早くも手を挙げてくださった方がおられますので」

慈月尼が答えた。

「それは何より」

海津与力がうなずく。

「里親は身元のたしかな方にしかお願いしておりませんので、そのあたりはご安心くださいまし」

慈月尼がていねいに言った。

「里親さまが見つかるまでは、当寺でのびのびと」

弟子の尼僧が笑みを浮かべた。

ちょうどそのとき、わらべたちの声が聞こえてきた。

「庭でお相撲を取ったりしているのです」

庵主が言った。

「なら、稽古をつけてやれ」

海津与力が竜之進に言った。

「承知しました」

竜之進はすぐさま答えた。

「おいらもやりまさ」

千之助も乗り気で言った。

「それはみな喜ぶでしょう。お願いいたします」

慈月尼がまた両手を合わせた。

三

「よし、押せ」

下帯一丁になった竜之進がわらべに胸を出した。

よく張った見事な筋肉だ。

「そっちも来い」

千之助も構えた。

こちらも負けず劣らず、無駄な肉がどこにもないほれぼれするような体だった。

「えいっ」

わらべがぶつかる。

「いいぞ、押せ」

海津与力が腕組みをしたまま声援を送った。

「投げ飛ばしちまえ」

大河内同心も言う。

与力と同心は親方格だから、胸を出すのは竜之進と千之助に任せて見守っていた。

「押せ、押せっ」

千之助が声を発した。

「えいえいっ」

わらべが懸命に押す。

「しっかり」

「気張って」

尼僧たちから声援が飛んだ。

ここで千之助が芝居を始めた。

わざと押されて後ろへ下がったのだ。

「うわ、強《つえ》えな」

押されてたじたじになる芝居だ。

「これは強いぞ」

竜之進も真似て下がる。

「もうちょっとだ。押せっ」

海津与力が身ぶりをまじえた。

「行け行け」

大河内同心の声が高くなった。

その声に応えて、一人のわらべが力をこめた。

「えいっ！」

気の入った声が放たれる。

「うわあっ」

千之助が大仰にのけぞって尻もちをついた。

「やられた」

竜之進もずるずると押し出された。

「おお、やったな」

海津与力が手を打ち合わせた。

「凄《すげ》えぞ」

大河内同心も和す。

みなにほめられたわらべたちは、額の汗をぬぐうと、花のような笑顔になった。

四

「本日はありがたく存じました」

慈月尼は両手を合わせて一礼した。

ほかの尼僧たちも、門のところまで見送りに来てくれた。

「では、わらべたちをよろしゅうに」

御用組のかしらが言った。

「はい。お任せくださいまし」

力強い言葉が返ってきた。

「また手土産を提げて、相撲を取りにまいります」

竜之進が白い歯を見せた。

「そのうち、ほんとに負けちまうかも」

千之助が軽口を飛ばしたから、場に和気が漂った。

「では、また町場の見廻りがてら寄りますので」

大河内同心が言った。

「お待ちしております」

慈眼寺の庵主が笑みを浮かべた。


尼寺を後にした一行は、根津で腹ごしらえをしてから帰ることにした。

「ちょいとかしらに頼みごとがありまして」

千之助が珍しく緊張の面持ちで言った。

「何の頼みごとだ」

海津与力が問う。

「そりゃ歩きながらじゃ、ちょいと」

「なら、鰻でも食うか。構えた名店じゃねえが」

千之助が答える。

海津与力が答えた。

「望むところで」

千之助が笑みを浮かべた。

御用組のかしらが案内したのは知る人ぞ知る鰻屋だった。

蒲焼きはなかなかのものだが、値の安い品もあきなっていた。

その最たるものが「うぎめし」だ。

鰻飯なのに鰻が入っていないから「な」が抜けている。ただし、蒲焼きを浸したたれはたっぷりかかっているから、鰻の香りはする。

飯は大盛りで、刻み葱などの薬味は載っている。鰻の香りのするたれだけだが、これはこれで食ってみるとうまい。何より安いから重宝だ。味噌汁もつく。

莫蓙《ござ》を敷いた見世の土間では、荷車引きなどがわっとうぎめしをかきこんでまたあわただしく出ていく。奥の座敷では上等の蒲焼きと肝吸いだ。うまい具合に二種の客を扱っているから、見世は繁盛しているようだった。

御用組はもちろん座敷に上がった。

蒲焼きに舌鼓を打ちながら、千之助の用向きを聞く。

それが伝えられると、場がにわかにわいた。

「おう、隅に置けねえな、千之助」

大河内同心が白い歯を見せた。

「こそっとそんなことをやっていたのか」

海津与力がそう言って、蒲焼きを口中に投じた。

「いや、べつにこそっとやってたわけじゃ」

千之助が笑う。

「わたしは気を感じていたけれども」

竜之進が笑みを浮かべた。

「へへへ、易者様には勝てねえや」

千之助が嬉しそうに言った。

「で、向こうの親御さんにはもうあいさつしたのか」

御用組のかしらが問うた。

「まだこれからですが、たぶん大丈夫だろうってことで」

と、千之助。

「なら、そのうち祝言だな」

大河内同心が言った。

「へい、もちろんわん屋で」

千之助は笑顔で言うと、いい塩梅に焼けた蒲焼きをほおばった。

五

「へえ、そりゃおめでたいね」

わん屋の一枚板の席で、大黒屋の隠居が言った。

「おかげさんで」

千之助が頭を下げた。

「おみかちゃんもおめでとう」

おみねが笑みを浮かべた。

二幕目に入って間もないわん屋だ。千之助が来て、おみかと一緒になることを告げたところだった。

「ありがたく存じます。まだしばらくは膳運びのお手伝いをさせていただきますので」

おみかは笑顔で言った。

「親御さんにあいさつはしたのかい」

七兵衛が千之助に問うた。

「へい、昨日済ませてきました。よろしゅう頼むと」

千之助はそう答えて、冷たい麦湯を啜った。

「おとっつぁんは昔気質の錺《かざり》職人なので、どうかなと案じていたんですけど、お上の御用もひそかにつとめていると伝えたら急に顔つきが変わって」

おみかはそう伝えた。

「役人が身をやつしてるんだと思ったらしくて、頭を下げられちまって」

千之助は髷に手をやった。

「はは、当たらずといえども遠からずだよ」

隠居が笑う。

その隣では、お付きの手代の巳之吉が炊き込みご飯をうまそうにほおばっていた。

中食は刺身の盛り合わせと炊き込みご飯の膳だった。牛蒡《ごぼう》と大豆、それに油揚げが入った飽きの来ない炊き込みご飯だ。

「では、前祝いで」

真造がそう言って、円皿に盛った品を差し出した。

鯛の姿盛りだ。

「おお、こりゃ豪勢で」

千之助が笑みを浮かべた。

ややあって、富松と丑之助がつれだってやって来た。

同じ長屋の仲のいい職人たちに、このたびのおめでたい話をさっそく伝える。

「へえ、そりゃおめでとうさんで」

竹細工職人の丑之助が千之助に言う。

「ありがてえこって」

千之助が軽く頭を下げた。

「めでてえことが続くな」

丑之助は富松に言った。

「そうだな。驚いたな」

竹箸づくりの職人が答えた。

「ああ、うめえ」

鯛の刺身を口中に投じた千之助が満足げに言った。

「そりゃ、ことのほかうまいだろう」

七兵衛が笑みを浮かべた。

「おめでたいことが続くって、ほかにも何かあるんでしょうか」

耳ざとく聞きつけたおみねがたずねた。

「へへ、そのうち分かりまさ」

丑之助が思わせぶりな答えをした。

「明日、えん屋へ顔を出すつもりで」

富松が言う。

「えん屋と何か関わりでも？」

おみねが小首をかしげる。

「まあ、ちょいとな」

富松は軽くいなすように言った。

次の肴が来た。

夏にはもってこいの冷やし鮑《あわび》だ。

角切りにした鮑の身を、塩水を張った円い椀に浮かべている。

一緒に入っているのは独活《うど》と胡瓜だ。こりこりとした鮑の身は、塩味だけで存分にうまい。

「これはお酒が進むねえ」

七兵衛が食すなり言った。

「ほんとは祝いにつぎたいところだけど」

「下戸には迷惑だから」

二人の職人が言った。

「すまねえこって」

千之助がまた頭を下げた。

「相済みません」

おみかも続く。

「固めの盃はどうするんだい？」

七兵衛が問うた。

「そりゃあ、口をつけるふりくらいで」

と、千之助。

「お酒の臭いをかいでひっくり返らないでね」

おみかがそう言ったから、わん屋に笑いがわいた。

六

翌日——。

薬研堀のえん屋で、大福帳をあらためていた竜之進がふと顔を上げた。

「おや」

気の流れを読むようなしぐさをする。

「どうかしました？　おまえさま」

棚の整理をしていたおちさが手を止めてたずねた。

「福の香りがする。だれか来るな」

竜之進が手であおぐしぐさをした。

易者でもある男の言うとおりだった。

ほどなく、のれんがふっと開いて男と女が入ってきた。

「まあ、お兄ちゃん」

おちさが声を発した。

男のほうは富松だった。

「おう」

富松はやや芝居がかったしぐさで右手を挙げた。

「失礼いたします」

髷を豊かな島田《しまだ》に結った女がていねいに頭を下げた。

右手には包みを提げている。どうやら手土産のようだ。

「そちらは？」

おちさが兄の顔を見た。

「福の香りがしますが」

竜之進が笑みを浮かべた。

「そうですかい。なら、紹介するぜ」

富松はおちさのほうを見た。

「ひょっとして、こちらの方は……」

おちさが瞬きをした。

「志津《しづ》と申します。このたび、縁あってお兄様に添わせていただくことになりまして、ごあいさつにうかがったしだいで。これはつまらぬものですが」

志津と名乗った女が手土産を渡した。

「さようですか。それはそれは、ありがたく存じます」

おちさはややうろたえながら包みを受け取った。

「おめでたく存じます」

竜之進が一礼した。

「そんなわけで、へへ」

富松は喜びを隠しきれない様子だ。

「まあ、狭いですが、お上がりくださいまし」

おちさが身ぶりをまじえた。

客をもてなすために、一畳だけだが小上がりがしつらえられている。おちさはそこを手で示した。

「なら、茶を一杯だけ呑んでいくか」

富松がともに来た女に言った。

「そうですね。では、上がらせていただきます」

志津は笑顔で言った。

富松の女房になる女は常磐津《ときわず》の師匠だった。弟子をいくたりも取り、その教え方のうまさには定評があるらしい。

「おいらの仕事場をこっちに移すつもりなんだ。下見をしたら、なんとかなりそうだからな」

富松が言った。

ほどなく、茶が入った。

志津が持参した土産をさっそく出すことにした。鮎をかたどった愛らしい菓子で、中に求肥《ぎゅうひ》が入っている。

「そもそも、どこで知り合ったの？」

おちさが兄にたずねた。

「それが、わん市の取り持つ縁でよ」

富松はそう言って茶を啜った。

「わん市の？」

おちさが瞬きをした。

「お正月のわん市で、富松さんの実演を見て、竹箸を買ったんですよ。そこから縁が生まれて」

志津がそう明かした。

「箸をつくるおいらの手さばきに惚れたんだとよ」

富松が身ぶりをまじえた。

「では、本当にわん市が取り持つ縁ですね」

竜之進が笑みを浮かべた。

「まさに、開運わん市で」

と、富松。

「なら、縁起物の夫婦箸を入れてもらわないと」

おちさが言う。

「お安い御用だ。つくってやるぜ」

富松が二の腕をぽんとたたいた。

「縁結びの夫婦箸ですね」

竜之進が白い歯を見せた。

「そんな感じで売ってもいい？」

おちさが兄にたずねた。

「おう、いいぜ。いくらでも売ってくんな」

富松は鷹揚《おうよう》に答えた。

その後は祝言の宴の話になった。

千之助とおみかに続いて、富松と志津も頃合いを見てわん屋で宴を催すことになった。

「あんまり続けざまだと、両方出るほうが難儀だからよ」

富松が言った。

「大黒屋のご隠居さんとかね」

と、おちさ。

「そうだな。ちょいと間を空けねえと」

富松はそう言って茶を呑み干した。

「そのあたりは、わたしが吉日を占いますので」

竜之進が言った。

「こちらは易者さんでもあるんだ。凄《すげ》えだろう」

富松が志津に言った。

「まあ、それはよろしゅうに」

志津が頭を下げた。

「そろそろわん講だから、そこで話がおおかた決まれば」

竹箸づくりの職人が言った。

「ああ、そうね。楽しみ」

おちさが笑みを浮かべる。

「次のわん講は八月十五日。ちょうど十五夜の日なので」

竜之進が言った。

「晴れて、いいお月さんを見られるといいですね」

と、志津。

「早めに帰《けえ》るからよ」

亭主の顔で、富松が言った。

その様子を、妹のおちさがほほ笑ましそうに見た。

第十章　十五夜のわん講

一

ぱしーん、ぱしーん……。

わん屋の厨でいい音が響いていた。

真造が大きな木の鉢にうどん玉をたたきつけている。

うどんは水と小麦粉と塩だけでつくれる。ただし、塩加減などは季節によって微妙に変えなければならない。

あとは気を入れて打つ。

うまくなれ、うまくなれと念じながら、うどん玉をたたきつけていく。

足でも踏む。

踏めば踏むほどに、こしが生まれる。
やがて、ほれぼれするほどつややかなうどん玉ができあがった。
いくらか寝かせてから、これをのして切る。
麺切り包丁を動かす小気味いい音が響く。
いい塩梅に切り終えたうどんは大鍋でゆで、冷たい井戸水で締める。
「いいな」
味見をした真造は満足げにうなずいた。
わん屋の前には、こんな貼り紙が出た。
八月十五日の中食の前だ。

　けふの中食
　　中秋の名月
　　月見うどん膳
　　炊き込みごはん、刺身、香の物つき
　　三十食かぎり四十文

なほ、本日はわん講につき、二幕目は貸し切りです
わん屋

二

「月見で玉子が入ってるから、いつもより高《たけ》えんだな」

なじみの左官衆の一人が言った。

「よそだったら、もっと割高になるぜ」

「わん屋は玉子の仕入れに伝手《つて》があるそうだからよ」

そろいの半纏の仲間が言う。

「そのうち寒くなったら、味噌煮込みうどんや鍋焼きうどんもお出ししますので」

膳を運びながら、おみねが言った。

「わん屋は、ほうとうも名物ですから」

まだ手伝いを続けているおみかも言う。

「どれもこれもうめえからな」

「今日の月見うどんもたまんねえぞ」

「そうそう、玉子をからめて食うとこたえられねえ」

わん屋のほうぼうで笑顔の花が咲く。

「ところで、おめでただってな、おみかちゃん」

「聞いたぜ。容子のいい若《わけ》えやつと一緒になるんだって」

客から声が飛んだ。

「ええ。おかげさまで」

おみかは笑顔で頭を下げた。

「ここは続けるのかい」

客が問う。

「祝言の宴の前までは」

おみかが答えた。

「そのあとはどうするんだ？」

近くにいた武家の客がたずねた。

「袋物の習いごとをしていたので、長屋で内職をと」

おみかは身ぶりをまじえて答えた。

「そうか。亭主を支えてやれ」

と、武家。

「はい、そういたします」

おみかは歯切れよく答えた。

「それにしても、うめえうどんだな」

「こしがあって、つゆも上々だ」

「炊き込みご飯も刺身もうめえ」

左官衆が笑顔で言った。

好評のうちに、八月十五日の中食は滞りなく売り切れた。

三

「ありがたく存じました」

「またのお越しを」

おみねとおみかが最後の中食の客を見送った。

入れ替わるように、人情家主の善之助と的屋のあるじの大造《だいぞう》が入ってきた。

「今日も行ってきたそうだよ」

家主が大造のほうを手で示した。

「気になって仕方がないので。女房があきれてましたが」

大造が笑みを浮かべた。

「お達者でしたか？」

おみねが問うた。

「おかげさまで。この分なら大丈夫だろうと」

的屋のあるじが答えた。

「産後の肥立ちが何よりだからね」

人情家主が言う。

「ええ、それを案じていたのですが、おまきは大丈夫そうです」

大造が笑顔で言った。

かつては的屋の看板娘で、ぎやまん唐物処《からものどころ》の千鳥屋の次男、幸吉と結ばれて宇《う》田川橋《だがわばし》の出見世のおかみになったおまきは、このたび無事に初めての子を産んだ。

大造にとっては初孫《ういまご》になるから喜びもひとしおだ。

「千鳥屋さんもお喜びでしょう」

茶を運んできたおみねが言った。

本店の隠居の幸之助《こうのすけ》は、今日開かれるわん講の顔の一人だ。

「ちょうど見えていたけど、恵比須顔で」

旅籠のあるじがいい表情で告げた。

「名は決まったのでしょうか」

仕込みをしながら、真造が厨から言った。

「女の子ですよね」

と、おみね。

「そう。二人で思案して決めたようです」

大造はそこで間を持たせるように茶を啜った。

「何と言う名だい？」

善之助が問うた。

「おとっつぁんが幸吉、じいちゃんが幸之助、みな『幸』がつくことにちなんで『こう』にしたそうで」

大造は答えた。

「まあ、おこうちゃんね」

おみねのほおにえくぼが浮かんだ。

「言いやすい名ですね」

と、おみか。

「千鳥屋さんもそう言っていたよ」

家主が笑みを浮かべた。

「みなにかわいがってもらうといいですね」

孫が生まれたばかりの男がいい表情で言った。

「本当におめでたいことで」

わん屋のおかみが笑顔で言った。

四

わん講に出る者たちが少しずつ集まってきた。

「今日はだれが祝いの主役か分からないほどだね」

座敷に上がった肝煎りの七兵衛が言った。

「さようですね。おみかちゃんもその一人だから」

おみねが言った。

「わたしはどうでも」

おみかが笑って手を振る。

「いやいや、主役の一人だよ。亭主は来るのかい？」

大黒屋の隠居が問うた。

「あとで顔を出すそうです」

おみかが答えた。

「そうかい。……おっ、また主役が一人」

七兵衛が指さした。

「だれが主役ですか」

そう言いながら入ってきたのは、千鳥屋の隠居の幸之助だった。

「このたびは、おめでたく存じます」

すかさずおみねが声をかけた。

「的屋さんがさきほど見えまして」

お通しを運んできた真造が言った。

「さようですか。的屋さんもことのほかお喜びで」

幸之助が満面の笑みで答えた。

ほどなく、椀づくりの太平と弟子の真次が顔を見せた。

盆づくりの松蔵と、盥づくりの一平も来た。

酒が行きわたり、刺身の大皿が運ばれてきたところで、主役の一人がまた入ってきた。

竹箸づくりの富松だ。仲のいい竹細工職人の丑之助もいる。

「このたびはおめでたいことで」

七兵衛が声をかけた。

「祝言はまだですが、へへへ」

富松が笑う。

「こいつ、ずっとにやけてるんでさ」

丑之助がいくらかあきれたように言った。

「祝言の宴はここで？」

幸之助が座敷を指さした。

「そのつもりで。日取りはあとから来るおちさの亭主に占ってもらうことに」

竜之進のことだ。

「おみかちゃんと千之助さんの宴もあるので、いくらか間を空けてやろうかという話で」

おみねが言った。

ここでまた人の気配がした。

「遅くなりました」

美濃屋の正作がお付きの信太《しんた》とともにあわただしく入ってきた。

これでひとまず役者がそろった。

五

料理は次々に運ばれてきた。

「お待たせいたしました」

おみかが盆を運んできた。

「鯖の棒寿司でございます」

おみねが笑顔で告げた。

「おう、こりゃうまそうだ」

太平が身を乗り出した。

「しめ鯖を観音開きにして、薬味寿司を載せて巻き簾《す》でぎゅっと巻いてから切ってありますので」

おみねが手短につくり方を伝えた。

「このお料理はお付きのみなさんにも」

おみかがそう言うと、末席に控えていたお付き衆から歓声がわいた。

真造も出てきて、棒寿司の大皿を運ぶ。

「わあ、おいしそう」

「よだれが出てきた」

大黒屋の巳之吉、美濃屋の信太、千鳥屋の善造《ぜんぞう》。

みな瞳を輝かせる。

「なら、さっそく一つ」

太平が棒寿司を口中に投じた。

それを皮切りに、次々に手が動く。

「しめ鯖だけでもおいしいのに、三倍くらいの味だね」

七兵衛が満足げに言った。

「巻いてある薬味寿司だけでもうまいでしょう」

美濃屋の正作が言った。

せん切りにした青紫蘇《あおじそ》、みじん切りの生姜、それに炒った白胡麻。薬味がふんだんに入った寿司だ。

「おいしゅうございます」

「ほっぺたが落ちそうで」

「お付きでよかった」

お付き衆はみな笑顔だ。

その近くでは、円造が例によって茶運び人形の円太郎を遊ばせていた。家の中ばかりでなく、このところは近くのわらべと一緒に剣術ごっこなどをして遊んでいるらしい。

ややあって運ばれてきた料理を見て、またわん講の面々がわいた。

「一尾の長い秋刀魚をわん屋さんで見るのは初めてですな」

千鳥屋のあるじが言った。

「これは宝楽《ほうらく》ですね？」

美濃屋の正作が指さす。

「はい。平たい土鍋の宝楽に小石を敷き詰め、塩を振った秋刀魚をまるごと三尾載せて天火《てんぴ》に入れて蒸し焼きにしております」

おみねがよどみなく言った。

天火とは、江戸時代のオーブンのようなものだ。これで塩梅よく蒸し焼きにすることができる。

「残りはまたお持ちしますので」

厨から真造が言った。

「三尾だけだと争いになりかねないからね」

七兵衛が笑みを浮かべた。

「ただの塩焼きだと大きな円皿を用意しなければならないのでお出しできないのですが、これならまるまる使えます」

おみねが言った。

「わん屋で食う秋刀魚は蒲焼きばかりだったからな」

丑之助が言った。

「刺身も出るぜ」

と、富松。

「一尾まるごとは、ほんとに初めて見た」

竹細工職人の顔に笑みが浮かんだ。

「なら、おめでたい人からお先に」

隠居が手で示した。

「いいんですかい？」

富松が問う。

「いまだけだからよ」

すかさず丑之助がそう言ったから、わん講に笑いがわいた。

六

秋刀魚の宝楽蒸しがあらかた平らげられると、お次は茸雑炊だった。

わん屋の座敷の奥のほうには囲炉裏がある。冷える時分にはあつあつの料理を食せるから重宝だ。

松茸に平茸に占地《しめじ》。うまさが増してきた茸がふんだんに入ったやさしい味の雑炊を取り分けて賞味しているところへ、新たに三人が入ってきた。

「おっ、いい匂いだな」

手であおぎながら入ってきたのは、大河内同心だった。

「おお、最後の主役も」

肝煎りの七兵衛が言った。

「そりゃ、おいらのことですかい？」

千之助がおのれの胸を指さした。

「めでてえこって」

「似合いの夫婦で」

一平と松蔵がはやす。

「せっかくだから、かわら版の埋め草にと思いまして、今日はやつがれも」

蔵臼錦之助の顔もあった。

「ちょうど茸雑炊が煮えてますよ、先生。生のものはいっさいなしで」

七兵衛が言った。

「そりゃあ、食わずばなりますまい」

戯作者は笑みを浮かべた。

「取り分けてそちらへ運びます」

おみかが一枚板の席に陣取った三人に言った。

「亭主の分も運ぶんだな」

大河内同心が言う。

「何なら、おいらの分はおのれで運ぶぜ」

千之助が軽く右手を挙げた。

「いえ、今日はお運び役だから」

おみかが笑って答えた。

茸雑炊の評判は上々だった。

「五臓六腑にしみわたるな」

大河内同心がうなる。

「三種の茸がうまく響き合ってますな」

蔵臼錦之助も感心の面持ちで言った。

茸は三種をまぜて使うと、互いの味が引き出されてことにうまくなる。

「三つ葉が脇でいいつとめをしてるぜ」

千之助が言った。

「おめえみてえなつとめぶりだな。祝いの宴にゃ、かしらも来るそうだ」

と、同心。

「そりゃ、ありがてえこって」

千之助は頭を下げた。

茸雑炊はお付き衆にもふるまわれた。

「おいしゅうございます」

「これなら毎日でもようございます」

「秋の恵みの味で」

みな満足そうだ。

ここで、意外なところから手が挙がった。

「円ちゃんも」

円造が元気よく言う。

「おまえも食べるの？」

おみねが問うた。

「うんっ」

円造は元気よくうなずいた。

当時のわらべはかなり大きくなってもおっかさんの乳を呑んでいたが、さすがは食いもの屋の跡取り息子と言うべきか、円造はわりかたいろんなものを食べる。

「だったら、運んでくるわ」

おみねがすぐさま動いた。

ややあって、いくらか小ぶりの椀が運ばれてきた。

「熱いから気をつけて」

母がせがれに茸雑炊を渡す。

「うん」

受け取った円造は、木の匙《さじ》で雑炊をすくうと、いくたびかふうふうと息を吹きかけてから口中に投じ入れた。

「どう？　円ちゃん」

お付き衆の一人が問うた。

「おいしいっ」

円造が花のような笑顔で答えたから、わん屋に和気が漂った。

七

「遅くなりました」

いくらか経って、竜之進が急ぎ足で入ってきた。

「おう、これで役者がそろったな」

大河内同心が笑みを浮かべた。

「易者さんが来ないと、これからの段取りを決められないからね」

肝煎りの七兵衛が言った。

「相済みません。ただし、易者の前に、えん屋のあるじとしてやっておかねばならないことがあります」

竜之進が答えた。

えん屋の戸締りなどはおちさに任せて、在庫の品の数を勘定してからわん屋へやって来た。

足りない品を発注するには、わん講はちょうどいい。竜之進は大福帳を取り出し、一つずつ注文を伝えていった。

「すっかり三十八文見世のあるじの顔におなりに」

大黒屋の隠居が頼もしそうに言った。

「ご注文の品は明日にでもお届けしますので」

美濃屋の正作が笑みを浮かべた。

「仕事場に余りがありますんで」

「おいらはこれから気張ってつくりまさ」

「今後ともよしなに」

職人たちが口々に言った。

「こちらこそよしなに」

竜之進が頭を下げた。

ここで次の鍋が運ばれてきた。

茸雑炊に続いて囲炉裏にかけられたのは、ほうとう鍋だった。

「おっ、今日は味噌仕立てだね」

七兵衛が真造に声をかけた。

具だくさんで重いから、これはあるじが運ぶ。

「はい。武州の醬油仕立てではなく、甲州の味噌仕立てです」

わん屋のあるじはそう言って、大鍋を火にかけた。

ほどなく、だしでのばした味噌のいい香りが漂いはじめた。

人参、大根、葱、里芋、南瓜、蒟蒻《こんにゃく》、焼き豆腐……これでもかというほどに具が入っている。

幅広のほうとう麺は、煮込めば煮込むほどに味がしみる。囲炉裏で味わうにはもってこいの料理だ。

だんだんに煮えてきたものを取り分け、ふうふう息を吹きかけながら食す。

「これも生のものが入っていないやつがれ向きの料理ですな」

蔵臼錦之助が満足げに言った。

「十五夜ですので、残りの汁に玉子を割って、おじやにするつもりです」

おみねが言った。

「お付きさんたちの分もありますので」

おみかが言い添える。

「わあ、嬉しい」

「こんなに食べたのに、またよだれが」

「ありがたいことで」

お付きの手代たちはみな笑顔になった。

「その前に、ほうとうと具を食べねえと」

富松がおのれの手でつくった箸を動かす。

「今日はことのほかうまく感じるだろう」

丑之助が冷やかす。

「そうだな、へへへ」

祝いの宴が控えている富松がまた嬉しそうに笑った。

具があらかたなくなったところで、おじやづくりが始まった。

だしを足し、ご飯を投じ入れ、玉子を割り落としてまぜる。

真造の手つきは水際立っていた。料理人の見せ場だ。

「ところで、易者さんのほうは?」

七兵衛が竜之進のほうを手で示した。

「おじやができるまでのあいだに、さっと卦を立ててみたらどうだ」

大河内同心が水を向けた。

「さようですね。では、ここからは易者で」

竜之進が白い歯を見せた。

八

畏《かしこ》み畏み申す……

竜之進のよく通る声が響いた。
わん屋の座敷に凜とした気が漂っている。
祝詞を唱え終えた竜之進は、筮竹を操りだした。
みなひと声も発することなく、その指の動きを見ていた。
ほどなく、卦が出た。
それに基づいて、二組の祝言の宴の日取りが決まった。
千之助とおみかは今月八月の晦日。
富松と志津は来月九月の十五日。
ちょうど半月おきになる。

「なら、来月のわん講はなしでいいね。その次はわん市の打ち合わせもあるから
やらなきゃならないけれど」

肝煎りの七兵衛が言った。

「おいらの宴には来てくださらないと」

富松が笑みを浮かべた。

「そうかい。なら、それは喜んで」

大黒屋の隠居が笑みを返した。

「おいらのほうにも来てくだせえ」

千之助が言った。

「はは、引っ張り凧《だこ》だね」

七兵衛が妙なしぐさをした。

ここでおじやができた。

次々に行きわたっていく。

「こりゃあ、絶品だな」

さっそく賞味した大河内同心がうなった。

「うまい、のひと言ですね」

千鳥屋の幸之助も言う。

「おいしゅうございます」

「あ、涙が出てきた」

「おいしすぎると泣けてきます」

お付き衆はみな感激の面持ちだった。

「祝いの宴の料理も楽しみだね」

七兵衛が温顔で言った。

「いいものを仕入れて、腕によりをかけてつくらせていただきますので」

わん屋のあるじが笑顔で答えた。

九

「お兄さんがよろしゅうにと」

長屋に戻った竜之進が、女房のおちさに伝えた。

「そう。祝いの宴の日取りは決まったんですか？」

おちさがたずねた。

「ああ。今月の晦日だから、半月後になる。その半月後の九月十五日に、今度は千之助さんとおみかちゃんの祝言の宴だ」

竜之進は答えた。

「わん屋さんは大忙しね」

と、おちさ。

「わたしもお祓い役で呼ばれている」

竜之進は御幣《ごへい》を振るしぐさをした。

「わん屋のあるじのお兄さんが神主さんだったと思うけど」

おちさが言う。

「千之助さんたちは西ヶ原村の依那古神社へ出向いて、お祓いを受けた翌日に祝言という段取りみたいだ。お兄さんのほうは、志津さんが常磐津を教えていてなかなか遠出ができないということで、わたしが神主の代わりを」

竜之進は答えた。

「気張ってね」

おちさが笑みを浮かべた。

「ああ、人生の節目の宴だから」

竜之進が笑みを返した。

その後は二人で湯屋へ出かけた。

帰りはもうかなり暗くなっていた。

いい月が出ていた。中秋の名月だ。

「まんまるで、うちの品みたい」

おちさが指さす。

「そうだね。お盆みたいだ」

竜之進が同じ月を見た。

「でも、あっという間ね。わたしたちの宴がついこのあいだだったような気が」

おちさが感慨深げに言った。

「おめでた続きで、結構なことだよ」

ゆっくりと歩を進めながら、竜之進が言った。

「縁が生まれて、また次の縁がつむがれて」

おちさがどこか唄うように言った。

「うちの品も、そのうち『えん結び』にひと役買うようになってくれれば」

と、竜之進。

「そうね。毎日のれんを出す前にお祓いをしてるんだから」

おちさが身ぶりをまじえた。

えん屋の品が客に福をもたらすようにと、のれんを出す前に竜之進がお祓いをするのが日課となっていた。

たとえささやかな福でもいい。

えん屋の品が客の開運につながれば、こんな嬉しいことはない。

「ちょっとおなかがすいたかも」

おちさが帯に手をやった。

「なら、いつもの風鈴蕎麦の屋台へ寄っていくか？」

竜之進が水を向けた。

「ええ、そうしましょう」

おちさは乗り気で答えた。

十五夜の月をながめながら、若い二人はなお少し歩いた。

ほどなく、風に乗って、蕎麦つゆのいい香りが漂ってきた。

終章　二つの宴

一

晦日になった。

祝いの宴は二幕目だから、中食はいつもと同じだった。

ただし、お運び役は一人足りなかった。

ほかならぬおみかが新婦だ。支度があるから、中食の手伝いはできない。

中食は茸の炊きこみご飯と秋刀魚の蒲焼き、それに里芋がたっぷり入った味噌汁だった。

「はい、お膳三つお願いします」

おみねが厨に告げた。

「承知で」

真造は短く答えると、仕上げた膳を急いで運んでいった。

「今日はお運びさんはいねえのかい」

常連の左官衆の一人が問う。

「お手伝いのおみかちゃんは、二幕目に祝言の宴で」

おみねが答えた。

「あっ、今日なのか」

「そりゃ中食の手伝いは無理だな」

客は笑みを浮かべた。

膳の評判は上々だった。

松茸まで入った炊きこみご飯と、たれをたっぷりかけて焼きあげた蒲焼き。どちらもわん屋の自慢の品だ。

「茸もうめえが、脇役の油揚げもいいつとめをしてるぜ」

「味をたっぷり吸ってるからよう」

「蒲焼きもうめえ」

いくらか遅れてやってきた大工衆が満足げに言った。

中食の膳が売り切れた頃合いに、人情家主の善之助が顔を見せた。

「食べに来たわけじゃないんだ。ちょいと様子を見に」

善之助が言った。

「おみかちゃんがいないので、てんてこまいでした」

おみねが包み隠さず言った。

「なら、早く代わりを探さないとね」

家主が答える。

「お願いします。ひとまず中食の手伝いだけでも」

厨の後片付けをしながら、真造が言った。

「分かったよ。わん屋の手伝いの娘さんには福が来ると言えば、次々に手が挙がるだろう」

善之助がそう言って笑った。

二

だんだんに役者がそろってきた。

千之助は天涯孤独の身だから、御用組だけだ。海津与力、大河内同心、それに竜之進の顔もあった。もう一人、かわら版でつながりがある蔵臼錦之助も姿を見せた。これで勢ぞろいだ。

おみかのほうは、錺職の父親と母親、それに親族と朋輩《ほうばい》がいくたりも来ていた。

座敷はにぎやかだ。

「祝言は昨日、わたしの長兄が宮司をつとめる西ヶ原村の依那古神社で挙げてこられたので、本日はお披露目の宴だけということで」

わん屋のあるじが言った。

「おいらもおみかも下戸なので、これでご勘弁を」

紋付袴に威儀を正した千之助が茶の入った土瓶をかざした。

「なんだ、張り合いがねえな」

「ちょっとだけならいいじゃねえか」

おみかの親族が言った。

「いえいえ、この人は奈良漬けひと切れだけでひっくり返るほどなので」

おみかが千之助を手で示して言った。

「酒だけは勘弁してくだせえ」

千之助が大仰に手を振ったから、座敷に笑いがわいた。

「では、まあ、酒はほかの面々で」

今日も仕切り役の七兵衛が言った。

「お酒もお料理もどんどん運びますので」

おみねが笑顔で言った。

こうして、祝いの宴が始まった。

「このたびは、おめでとう」

「白無垢《しろむく》がきれい」

おみかのところへ朋輩が集まる。

幼なじみもいれば、袋物の習いごとで一緒だった娘もいる。みなよそいきのいでたちだから、わん屋はいつもより格段に華やかだ。

鯛の姿盛りに、縁起物の海老と鱚の天麩羅の盛り合わせ。

料理が次々に運ばれてきた。おみねも真造も大忙しだ。

「つい手伝いに立ちたくなっちゃうけど」

おみかが言った。

「その恰好でお運びはできねえや」

千之助が白い歯を見せた。

「中食だけのお運び役を募っておりますので」

今度は酒を運んできたおみねが言った。

「手間賃は出るんでしょうか」

背の高い娘が手を挙げて訊いた。

「もちろんです。よそよりちょっとだけお高いかも」

おみねはここぞとばかりに言った。

「なら、やってみようかしら」

娘が乗り気で言った。

「おすずちゃんなら看板娘よ」

おみかが笑みを浮かべる。

娘の名はおすずというらしい。

「それはぜひお願いします」

おみねが頭を下げた。

話はとんとんと決まった。

おすずの住まいはさほど遠くないようだ。以前に茶見世で働いていたことがあるようだから、慣れれば充分につとまるだろう。

「家主さんのほうはお断りしないと」

厨に戻ったおみねが言った。

「あとで伝えてくるよ。これで助かった」

真造が笑顔で答えた。

三

「おっ、見覚えのあるむきものだな」

新たに運ばれてきた刺身の盛り合わせに添えられていたものを見て、大河内同心が言った。

鶴と亀。

縁起物が大根や甘藷で巧みに表されている。手わざが求められるむきものだ。

「はい。おもかげ堂さんにお頼みしました」

おみねが笑顔で答えた。

「そうだと思った」

と、同心。

「達者そうだったか」

海津与力がたずねた。

「ええ。円太郎の弟か妹分をつくっておられましたよ」

おみねは円造が遊ばせているからくり人形を指さした。

本郷竹町《ほんごうたけちょう》のおもかげ堂は、江戸でも指折りのからくり人形師だ。茶運び人形や品玉《しなだま》人形などをいろいろ手がけている。

しかし、それだけではない。

木地師の家系を汲むおもかげ堂の磯松《いそまつ》と玖美《くみ》のきょうだいには特殊な力があった。

おもかげ堂のからくり人形に息吹をこめれば、悪党の尾行などもできる。また、手わざでつくりあげたむきものに息吹をこめ、しかるべき結界を張り、故人や過去の場面などの「おもかげ」を立ち現わせるという離れ業までできた。

大河内同心の手下格として、ここぞというときだけその力を発揮しているから、御用組の一員とも言える。そのおもかげ堂が、このたびは縁起物のむきものをつくってくれた。ひと目見ただけで福が来そうなさまだ。

「なんだか持ち帰りたいくらい」

おみかの母が言った。

「鶴は飾っておけばどう？」

おみかが水を向ける。

「錺職の仕事場には似合うかもしれねえ」

父が乗り気で言った。

そんなわけで、むきものはおみかの両親が持ち帰ることに決まった。

料理の大皿があらかた平らげられたところで、これまた縁起物の紅白蕎麦が運ばれてきた。

紅粉と御膳粉。紅白の彩りが鮮やかな料理だ。

「では、宴もたけなわでございますが……」

大黒屋の隠居がおもむろに立ち上がった。

「このあたりで、新郎の上役の海津与力様よりひと言頂戴したいと存じます」

手慣れた調子で、七兵衛は段取りを進めた。

「頼みます」

千之助が頭を下げた。

おみかも続く。

海津与力は悠然と立ち上がると、あいさつを始めた。

出席者の労をねぎらってから、話題を千之助に移す。

「こいつはどんなつとめをしているのかと案じる人もいるでしょうが、こう見えてお上の御用をつとめております。日の本じゅうに散らばって悪さをするやつらをひそかに追ってお縄にする御用組の足をつとめているのが、韋駄天《いだてん》自慢の千之助で」

「ときどき忍び仕事で目や耳もやりますが」

千之助が口をはさんだ。

「そんなわけで、早業が得手の男ですが、このたびは娶《めと》りのほうも早業で、わん屋に新たなお運びの娘さんが入ったと思ったら、あっという間に女房にしちまいやがった」

御用組のかしらがそう言ったから、宴の場に笑いがわいた。

それが静まるのを待ってから、海津与力が続ける。

「まあ物事には勢いってものがあるので、このたびの千之助の早業は上々吉でしょう。この先も、若い両人をよろしくお引き立てのほどを」

御用組のかしらは手短にまとめて腰を下ろした。

「では、いまご紹介いただきました早業の千之助さんからひと言」

七兵衛が身ぶりをまじえた。

「しっかりしゃべれ」

大河内同心から声が飛んだ。

「ここが見せ場ですぞ」

蔵臼錦之助も言う。

「へい」

千之助はいつになく上気した顔になっていた。

「まるで酒でも呑んだみてえだな」

海津与力が言う。

「いや、平気でさ」

千之助は軽く手を挙げると、あいさつに入った。

「えー、このたびは、おいらもびっくりするような成り行きで、こりゃあ夢じゃねえかとたまに思ったりするんですが、目が覚めてみると隣におみかがいるんで、夢じゃねえ、うつつのことだ、ありがてえと心の中で両手を合わせてまさ。この先も女房を大事にしますので、どうかよろしゅうに」

千之助がそう言って頭を下げたから、またほうぼうから祝福の声が飛んだ。

次はおみかの番だ。

「亭主の千之助さんを大事にしますので、どうかこの先もよろしゅうに」

千之助のあいさつをほぼなぞって言うと、白い綿帽子をかぶったおみかが頭を下げた。

「お幸せに」

「ずっと仲良くね」

朋輩からあたたかい声が飛んだ。

四

一つ目の宴は滞りなく終わった。

最後に、御幣を持参した竜之進がお祓いをした。

正式な祝言は昨日、依那古神社で挙げている。長い祝詞は屋上屋を架すことになるため、手短に済ませ、新郎新婦ばかりでなく出席者全員の幸いを願った。

宴が一つ終わったと思ったら、早くも次の宴が近づいた。

九月十五日が近づいたある日、薬研堀のえん屋にこんな貼り紙が出た。

十五日は所用の為、お休みさせていただきます

えん屋

「どこかへ行くのかい」

久々にのれんをくぐってきた客が訊いた。

えん屋の初めの客になってくれた紅屋の隠居の清兵衛だ。

「兄の祝言の宴で、わん屋さんへまいります」

おちさが答えた。

「へえ、それはおめでたいことで」

清兵衛は笑みを浮かべた。

「義理の兄は、うちに箸を納めてくださっている職人さんなのです」

竜之進が告げる。

「それなら、身内の祝いに夫婦椀をと思ったんだが、夫婦箸にしようかね」

紅白粉問屋の隠居が言った。

「さようですか。いい箸が入っておりますので、どうぞごらんくださいまし」

おちさが手で示した。

「なら、見させてもらうよ」

清兵衛は富松がつくった箸をあらためだした。

竜之進はほかの客からの質問に答えはじめた。常連がいくたりもつき、えん屋は順風満帆だ。見世で使ってくれる大口の客もいるし、ありがたいことに、遠くから足を運んでくれる客もいる。

「いい職人仕事だね。手に取ってみると分かるよ」

竹箸を手のひらに載せた清兵衛が言った。

「兄が喜びます」

おちさが笑顔で答えた。

「では、この夫婦箸をいただくよ。祝い仕立てにできるかい？」

清兵衛が問うた。

「箸袋もあきなっておりますので、ご案内します」

おちさがさっそく動いた。

「はは、あきないがうまいね。いい祝いになるよ」

紅屋の隠居がそう笑って言った。

五

そして、十五日になった。

二つ目の宴の日も、わん屋は中食だけ出した。

「お待たせいたしました。月見うどん膳でございます」

いい声が響いた。

「おっ、初めて見る顔だな」

「新たなお運びさんかい」

常連の大工衆が言った。

「はい。どうかよろしゅうに」

すらっとした娘がそう言って膳を置いた。

おすずだ。

中食の手伝いを初めてまだ幾日か経っただけだが、なかなかに堂に入ったつとめぶりだ。はきはきしゃべるし、体に芯が通っているから膳運びも安心して見ていられる。

「修業をしたら、女剣士にもなれるぞ」

門人とともに来ていた柿崎隼人が言った。

「いえいえ、荷が重いです」

おすずはさらりといなした。

「それにしても、月見うどんはうまいですね」

門人が箸を止めて言った。

「前にも十五日にお出ししてご好評をいただいたので」

おみねがほかの膳を運びながら言った。

「だったら、毎月でもいいぜ」

「ちょいと値が張るけどよ」

「気張って稼ぎゃいいんで」

大工衆の箸が小気味よく動く。

「冬になれば、鍋焼きうどんもよかろう」

柿崎隼人が言った。

「それも考えております」

おみねが笑顔で答えた。

ほどなく、大工衆が膳を平らげて腰を上げた。

「おう、うまかったぜ」

「また来るよ」

おすずに向かって言う。

「ありがたく存じました。またのお越しを」

新たなお運びの娘の明るい声が響いた。

六

二つ目の宴もなかなかに華やかだった。

新婦の志津は常磐津の師匠だ。そのおもだった弟子が思い思いに着飾って場に臨んでいるから、おのずと華やぐ。

「なんだか久々に来るとなつかしいですね」

おちさが言った。

「なら、お運びを手伝う？」

おみねが水を向けた。

「そうですね。昔取った杵柄《きねづか》で」

おちさが笑みを浮かべた。

「わん屋のお運びさんは、幸つづきだからね」

七兵衛が温顔で言った。

「またおすずちゃんっていういい子が来てくれたので、そのうち良縁に恵まれるかも」

おみねがおちさに言った。

「へえ、そうなんですか。だったら安心で」

おちさが笑顔で答えた。

新郎の兄の富松は、もちろん紋付袴姿だ。

「馬子にも衣裳って、よく言ったもんだ」

丑之助が冷やかす。

「そりゃ、祝言くらいはちゃんとしねえとな」

帯に白扇を差した富松が答えた。

「とにかく、めでてえこって」

盆づくりの松蔵が言った。

同じわん講の職人仲間ということで呼ばれている。ほかには椀づくりの太平と真次の姿もあった。

わん講仲間でも美濃屋や千鳥屋などのあきんどはいない。大黒屋の隠居が代表して出ているというかたちだ。

「では、縁起物の鯛が出たところで、そろそろ祝言を始めましょう」

その七兵衛が言った。

場がにわかに静まる。

「新郎の富松さんの義理の弟さんに当たられます新宮竜之進様は、薬研堀のえん屋のあるじでありますが、よく当たる易者でもあられます。また、神官の家系で、祝詞もお手の物です。本日は神主役をつとめていただきます」

七兵衛が手で示した。

「では、不束《ふつつか》ながら」

御幣を手にした竜之進が前へ進み出た。

畏み畏み申す……

七

長く尾を曳く祝詞を唱え終えると、竜之進はひときわ力強く御幣を振った。

「では、固めの盃を」

七兵衛が手でうながした。

年の功で隠居がやってもいいところだが、ここは引き続き神主役の竜之進の出番となった。

型どおりに、固めの盃が進む。

千之助とおみかはともに下戸だったから、一つ目の宴ではなかった段取りだ。

いつになく神妙な面持ちで、富松が盃の酒を呑み干す。志津も続いた。

「これで、ご両人は晴れて夫婦となりました」

七兵衛がよく通る声で言った。

「よっ、めでてえな」

丑之助が真っ先に声をかけた。

それを機に、ぐっと気がやわらいだ。

「では、のちほど趣向もございますが、それまで酒肴をお楽しみくださいまし」

七兵衛が地口をまじえて言った。

鯛が主役の刺身の大皿には、このたびも縁起物のむきものが添えられていた。

二羽の鶴は、いまにも空へ飛び立ちそうなさまだ。おもかげ堂のきょうだいが心をこめてつくってくれた品はいたって好評で、志津の弟子たちはみな感心の面持ちで見つめていた。

海老に鱚。それに、松茸と舞茸。

天麩羅の盛り合わせも出た。

「お赤飯、いまお持ちします」

今日は手伝い役のおちさが言った。

「めで鯛の潮汁《うしおじる》も」

厨のほうからおみねも言った。

「締めに紅白蕎麦もあります」

真造の声も響いた。

まず赤飯が来た。

ささげがふんだんに入った自慢の赤飯だ。胡麻塩を振って食せば、ことのほかうまい。

潮汁も来た。これまた深い味だ。

箸が動き、笑顔の花が咲く。

宴もたけなわとなってきた。

「では、そろそろ趣向にまいりましょうか」

七兵衛が両手を打ち合わせた。

「新婦さんは常磐津のお師匠さんで、本日はお弟子さんも見えています。ここは一曲披露していただかずばなりますまい」

大黒屋の隠居が段取りを進めた。

「よっ、待ってました、お師匠さん」

だいぶきこしめした太平が声を飛ばした。

支度が整った。

「常磐津は長い曲が多くてご退屈さまでしょうから、本日は祖先にあたる謡曲から」

三味線が、しゃんと鳴る。

常磐津の三味線は中棹《ちゅうざお》だ。

「祝いの席にはおなじみの『高砂《たかさご》』を演《や》らせていただきます」

志津が言った。

弟子たちが三味線を構える。

高砂や　この浦船に帆を上げて

志津の張りのある声が響いた。

弟子たちも三味線と声で和す。

月もろ共に出汐《いでしお》の
波の淡路の島影や
遠く鳴尾の沖こえて
はや住の江につきにけり
はや住の江につきにけり

余興はなおしばし続き、嫋々《じょうじょう》たる余韻を残して終わった。

「お粗末さまでございました」

志津が頭を下げた。

「おう、良かったぜ、晴れ舞台」

だいぶ赤くなった顔で、富松が労をねぎらった。

八

「これでほっとひと息ね」

長屋に戻ったおちさが言った。

「こちらも肩の荷が下りたよ」

大事な神主役をつとめた竜之進が肩に手をやった。

「明日からは、またえん屋を気張りましょう」

と、おちさ。

「そうだね。そのために、湯屋へ行ってさっぱりするか」

竜之進が水を向けた。

「そうね。帰りはお月さまがきれいかも」

おちさが乗り気で言った。

「月をながめながら帰ろう」

竜之進は白い歯を見せた。


示し合わせて湯屋から出るころには、もう空は暗くなっていた。

夜空に月が懸かっている。

「いい月ね」

おちさがしみじみと言った。

「ああ、いい月だな」

竜之進もうなずく。

いくらか離れたところから、風鈴の音が聞こえてきた。

屋台の風鈴蕎麦だ。

「宴でだいぶ食べたが、寄っていくか？」

竜之進が訊いた。

「わたしはお運びで忙しかったから」

おちさは笑みを浮かべた。

「では、寄っていこう。蕎麦一杯ならまだ入る」

竜之進は帯をぽんとたたいた。


「今夜は月見蕎麦でさ」

屋台の先客が言った。

「えっ、玉子が入るのか？」

竜之進が驚いて問うた。

玉子一個は蕎麦一杯の値よりよほど高い。とても屋台で出せる品ではなかった。

「そりゃ無理な注文で」

屋台のあるじが言った。

「こうやって、残ったつゆをかざしてやるんでさ」

職人とおぼしい先客が丼を両手で持ってかざした。

「ああ、なるほど、おつゆにお月さまが映るんですね」

おちさがそれと察して言った。

「そりゃ、まんまるってわけにゃいきませんが、ぼんやりと映りまさ。そいつをこうやって……」

先客はつゆを呑み干した。

「なるほど、月ごと呑み干すことができるわけだ」

竜之進がうなずいた。

「なら、おつゆを残しておかないと」

おちさが笑みを浮かべた。

先客が去り、えん屋の二人の分ができた。

まずは蕎麦を食す。

わん屋の紅白蕎麦を食べてきたばかりだからどうしても見劣りはするが、これはこれで悪くはなかった。さほど厚切りではないが、蒲鉾《かまぼこ》も入っている。

「よし、やってみるか」

竜之進が先に箸を置いた。

「早すぎです、おまえさま」

おちさが笑う。

「ゆっくりでいいよ」

竜之進はそう言うと、丼を両手で持って月にかざした。

「もう少し右。そうそう、そんな感じで」

屋台のあるじが言う。

ほどなく、残ったつゆにだいぶいびつな月が映った。

「見えた」

竜之進が言った。

「わたしも」

おちさの声が弾んだ。

「こういう月見もいいっすね」

屋台のあるじが笑った。

「なかなかに風流で」

竜之進はそう言うと、月が映っていたつゆを呑んだ。

おちさも続く。

並んで呑むあたたかい蕎麦つゆが、五臓六腑にしみわたるかのようだった。

[参考文献一覧]

田中博敏『お通し前菜便利集』（柴田書店）
田中博敏『旬ごはんとごはんがわり』（柴田書店）
『人気の日本料理2　一流板前が手ほどきする春夏秋冬の日本料理』（世界文化社）
土井勝『日本のおかず五〇〇選』（テレビ朝日事業局出版部）
畑耕一郎『プロのためのわかりやすい日本料理』（柴田書店）
『一流料理長の和食宝典』（世界文化社）
野﨑洋光『和のおかず決定版』（世界文化社）
おいしい和食の会編『和のおかず【決定版】』（家の光協会）
鈴木登紀子『手作り和食工房』（グラフ社）
野口日出子『魚料理いろは』（高橋書店）
松本忠子『和食のおもてなし』（文化出版局）

『復元・江戸情報地図』（朝日新聞社）
菊地ひと美『江戸衣装図鑑』（東京堂出版）

ウェブサイト「世界の民謡・童謡」

本書は書き下ろしです。

実業之日本社文庫　最新刊

西澤保彦
逢魔が刻　腕貫探偵リブート
喪主が殺人、連続不審死、留学生監禁……この街は謎と殺しが多すぎる!?　腕貫さん顔負けの推理で、女子大生ユリエが辿り着いた真相は!?（解説・浜崎広江）
に2 10

葉月奏太
癒しの湯　未亡人女将のおきづかい
社長の三男・月島三郎は、温泉旅館に修業へ。旅館の女将は気品に溢れ、仲居は天真爛漫。ある日、悪徳不動産屋の男がやってきて……。温泉官能の新傑作！
は6 14

遠藤崇寿・遠藤展子　監修
藤沢周平「人はどう生きるか」
人生の大事なときにこそ読む――心に届く言葉がきっとある。養老孟司、山田洋次、井上ひさし…藤沢文学をこよなく愛する各界著名人による至極の読書案内。
ふ2 2

南 英男
毒蜜　天敵　決定版
赤坂で起きた銃殺事件。裏社会の始末屋・多門剛が拳銃入手ルートを探ると、外国の秘密組織と政治家たちを狙う暗殺集団の影。因縁の女スナイパーも現れて…。
み7 27

吉田雄亮
北町奉行所前腰掛け茶屋　迷い恋
捨て子の親は、今どこに？　茶屋の裏手から赤子の泣き声が。自ら子守役を買って出た弥兵衛だが、息子の紀一郎には赤子に関わる隠し事があるようで……。
よ5 11

実業之日本社文庫　好評既刊

倉阪鬼一郎
下町の迷宮、昭和の幻
遠いあの頃が呼ぶ……田端の銭湯、谷中の紙芝居、浅草の漫談師、錦糸町のチンドン屋。下町に恐怖と郷愁が横溢する昭和レトロホラー。（解説・三島政幸）
く41

倉阪鬼一郎
大江戸隠密おもかげ堂　笑う七福神
七福神の判じ物を現場に置く辻斬り。隠密同心を助ける人形師兄妹が、闇の辻斬り一味に迫る。人情味あふれる書き下ろしシリーズ。

く42

倉阪鬼一郎
からくり成敗　大江戸隠密おもかげ堂
人形屋を営む美しき兄妹が、異能の力をもって白昼に起きた奇妙な押し込み事件の謎と、遺された者の心を解きほぐす。人情味あふれる書き下ろし時代小説。

く43

倉阪鬼一郎
料理まんだら　大江戸隠密おもかげ堂
蝋燭問屋の一家が惨殺された。その影には人外の悪しき力が働いているようで…。人形師兄妹が、異能の力で巨悪に挑む！　書き下ろし江戸人情ミステリー。

く44

倉阪鬼一郎
人情料理わん屋
味わった人に平安が訪れるようにと願いが込められた料理と丁寧に作られた器が、不思議な出来事と人の縁と幸せを運んでくる。書き下ろし江戸人情物語。

く45

実業之日本社文庫　好評既刊

倉阪鬼一郎
しあわせ重ね　人情料理わん屋
身重のおみねのために真造の妹の真沙が助っ人に。そこへおみねの弟である文佐も料理の修行にやって来たことで、幸せが重なっていく。江戸人情物語。
く46

倉阪鬼一郎
夢あかり　人情料理わん屋
わん屋へ常連の同心が妙な話を持ち込んだ。盗賊を追い、偶然たどり着いた寂しい感じの小料理屋。そこには驚きの秘密があった!? 江戸グルメ人情物語。
く47

倉阪鬼一郎
きずな水　人情料理わん屋
順風満帆のわん屋に、常連の同心が面白そうな話を持ち込む。ある大名の妙案で、泳ぎ、競馬、駆ける三種を三人一組で競い合うのはどうかと。江戸人情物語。
く48

倉阪鬼一郎
お助け椀　人情料理わん屋
江戸を嵐が襲う。そこへ御救い組を名乗り、義援金を募る僧達が現れる。その言動に妙なものを感じ、正体を探ってみると――。お助け料理が繋ぐ、人情物語。
く49

倉阪鬼一郎
24時間走の幻影
24時間耐久マラソンレース。真夜中になるとコースに怪しさが漂いはじめ、そこに現れたのは……。本格ランナーの著者が描く、不思議で切ない感動ストーリー。
く410

実業之日本社文庫　好評既刊

泉ゆたか
猫まくら　眠り医者ぐっすり庵
江戸のはずれにある長崎帰りの風変わりな医者と一匹の猫がいる養生所には、眠れない悩みを抱える人々が――心ほっこりの人情時代小説。（解説・細谷正充）
い17 1

泉ゆたか
朝の茶柱　眠り医者ぐっすり庵
今日はいいこと、きっとある――藍の伯父が営む茶問屋で眠気も覚める大騒動が!?　眠りと心に効く養生所〈ぐっすり庵〉の日々を描く、癒しの時代小説。
い17 2

伊東 潤
敗者烈伝
歴史の敗者から人生を学べ！　古代から幕末・明治まで、日本史上に燦然と輝きを放ち、敗れ去った英雄たちの「敗因」に迫る歴史エッセイ。（解説・河合 敦）
い14 1

津本 陽
戦国業師列伝
前田慶次、千利休、上泉信綱……混乱の時代に、特異な才能で日本を変えた「業師」たちがいた！　その道を究めた偉人の生きざまに迫る短編集。（解説・末國善己）
つ2 4

津本 陽・二木謙一
信長・秀吉・家康　天下人の夢
戦国時代を終わらせた三人の英雄の戦いや政策、人間像を、第一人者の対談で解き明かす。津本作品の名場面再録、歴史的事件の詳細解説、図版も多数収録。
つ2 5

実業之日本社文庫　好評既刊

津本 陽
深淵の色は　佐川幸義伝
大東流合気武術の達人、佐川幸義。門人となった著者が天才武術家の生涯をたどり、師の素顔を通して神業に迫った渾身の遺作。（解説・末國善己、菊池 仁）
つ26

鳥羽 亮
剣客旗本春秋譚　武士にあらず
両替屋に夜盗が押し入り、手代が斬られ、千両箱ふたつが奪われた。奴らは何者で、何が狙いなのか。市之介が必殺の剣・霞袈裟に挑む。人気シリーズ第二弾!!
と214

鳥羽 亮
剣客旗本春秋譚　剣友とともに
老舗の呉服屋の主人と手代が殺された。探索を続ける中、今度は糸川の配下の御小人目付が惨殺された。糸川らは敵を討つと誓う。人気シリーズ新章第三弾!!
と215

鳥羽 亮
剣客旗本春秋譚　虎狼斬り
北町奉行所の定廻り同心と岡っ引きが、大川端で斬殺された。その後も、殺しが続く。辻斬り一味の目的とは。市之介らは事件を追う。奴らの正体を暴き出せ！
と216

中得一美
嫁の家出
与力の妻・品の願いは夫婦水入らずの旅。けれど夫は……人生の思秋期を迎えた夫婦の「心と体のすれ違い」と妻の大胆な決断を描く。注目新人の人情時代小説。
な71

実業之日本社文庫　好評既刊

知念実希人
崩れる脳を抱きしめて
研修医のもとに、彼女の死の知らせが届く……。愛した彼女は本当に死んだのか？　驚愕し、感動する、恋愛ミステリー。著者初の本屋大賞ノミネート作品！

ち16

東野圭吾
白銀ジャック
ゲレンデの下に爆弾が埋まっている――圧倒的な疾走感で読者を翻弄する、痛快サスペンス！　発売直後に100万部突破の、いきなり文庫化作品。

ひ11

東野圭吾
疾風ロンド
生物兵器を雪山に埋めた犯人からの手がかりは、スキー場らしき場所で撮られたテディベアの写真のみ。ラスト1頁まで気が抜けない娯楽快作、文庫書き下ろし！

ひ12

東野圭吾
雪煙チェイス
殺人の容疑をかけられた青年が、アリバイを証明できる唯一の人物――謎の美人スノーボーダーを追う。どんでん返し連続の痛快ノンストップ・ミステリー！

ひ13

東野圭吾
恋のゴンドラ
広太は合コンで知り合った桃美とスノボ旅行へ。ところがゴンドラに同乗してきたのは、同棲中の婚約者だった！　真冬のゲレンデを舞台に起きる愛憎劇！

ひ14

文日実
庫本業 く 4 12
社之

えん結《むす》び　新《しん》・人情料理《にんじょうりょうり》わん屋《や》

2022年12月15日　初版第1刷発行

著　者　倉阪鬼一郎《くらさかきいちろう》

発行者　岩野裕一
発行所　株式会社実業之日本社
〒107-0062　東京都港区南青山 5-4-30
emergence aoyama complex 3F
電話 [編集]03(6809)0473 [販売]03(6809)0495
ホームページ　https://www.j-n.co.jp/
ＤＴＰ　ラッシュ
印刷所　大日本印刷株式会社
製本所　大日本印刷株式会社

フォーマットデザイン　鈴木正道(Suzuki Design)

ISBN978-4-408-55774-8（第二文芸）